地政学から読む
イスラム・テロ

Maquette : Agence Twapimoa
Correction : Carol Rouchès

地政学から読む

イスラム・テロ

Atlas du
terrorisme islamiste
d'Al-Qaida à l'État islamique

マテュー・ギデール
Mathieu Guidère

土居佳代子 訳
Kayoko Doi

地図製作＊クレール・ルヴァスール
Claire Levasseur

原書房

地政学から読む
イスラム・テロ

7 はじめに
7 一つのテロからもう一つへ

9 性質と起源
10 イスラーム教、イスラーム主義、
　　テロリズム
14 テロリズムと革命的イスラーム主義
18 テロリズムとジハード主義
22 テロリズムと宗教戦争

27 タイプと形態
28 汎イスラーム主義とグローバルなテロ
32 タクフィール主義と地域テロ
36 カリフ主義と「グローカル」テロ
40 スリーパー（潜入工作員）とローン・
　　ウルフ（一匹狼）
44 電子的ジハードとサイバーテロ

49 テロリスト・グループ、テロ組織
50 アルカイダとその「支部」
54 「イスラーム国」とその「属州」
58 タリバン
62 ボコ・ハラム
66 連携と対抗

71 地域と領土
72 アフリカのおもなテロリスト・
　　グループ
76 アジアのおもなテロリスト・グループ
80 カフカスのおもなグループ
84 中東のその他のグループ
88 北アメリカにおけるテロ
92 ヨーロッパにおけるテロ
96 フランスにおけるテロ

- **101 財源と資金調達**
  - 102 住民への課税
  - 106 不正取引と密輸
  - 110 人質産業
  - 114 人身取引
  - 118 秩序立てられた慈善
  - 122 標的を定めたテロ
  - 126 無差別テロ
  - 130 自爆テロ
  - 134 支持者(パルチザン)と共鳴者(シンパ)

- **139 テロリズムと過激化(ラディカリゼーション)**
  - 140 過激主義と過激な暴力主義
  - 144 改宗と過激化
  - 148 過激化の流れ
  - 152 非過激化(または脱過激化)

- **156 おわりに**
  - 156 第3次世界大戦は起こらないだろう…

- **160 付録**
  - 160 おもなテロ組織
  - 162 イスラームによるおもなテロ事件
  - 164 用語解説
  - 165 参考文献

はじめに

「一つのテロからもう一つへ」

共産主義の崩壊以来、イスラーム主義と自由主義の対立が、すべての大陸のすべての社会階層において猛威をふるっている。この対立は当初、異論の多い「文明の衝突」というレッテルのもとに説明されたが、その後「テロとの世界戦争」の形をとるようになり、非常に多くの兵士と高性能兵器が投入された。奇妙にも、思想についての議論は比較的不明確のままだったが、それは敵の性格が不明確なせいだ。輪郭は定まらないが、グループや組織間にイスラームというつながりがあるため、それが間接的に、宗教家が政治や地政学の分野へ回帰する口実をあたえた。こうしてテロ事件のニュースが、イスラーム教の現代や民主主義への適合性、イスラームにおける女性の状況、聖像破壊（イコノクラスム）と偶像禁止の教義、コーラン（クルアーン）における暴力、さらにもっと広くは、移民やイスラーム教徒の同化問題、反ユダヤ主義あるいはさらにイスラーム恐怖症（フォビア）、といったイスラーム教にかんする議論をひき起こし、その残響が今日なお尾を引いている。

こうした議論は、その専門的な外見やメディア的表現を超えて、すでに特筆すべきエピソードに満ちたテロリズムの歴史の再構成でもある。1980年以降、あらゆる形でのイスラーム主義が、しだいに国際舞台の前面に出て、西欧世界の内外をとわず、世論の注目を集めているからだ。アルジェリアからアフガニスタンまで、冷戦以後の危機や紛争のほぼすべてに、イスラームの戦闘員がかかわっ

ているが、その間にはソマリア、スーダン、イエメン、チェチェン、バルカン、あるいはサヘル地域［アフリカ、サハラ砂漠南縁に東西に延びる帯状の地域］の紛争もあった。この現象の阻止を目的とした西欧の国々による軍事介入は、これまでのところ、対象となった地域社会を移動させるか、その社会の問題をより深刻化しているだけである。これらの共同体は、まずは開発の遅れからくる構造的な問題をかかえていて、あらゆる種類の過激思想や極端な暴力主義のグループの温床となっている。

しかし、関心が互いに結びつきあい、情報が世界規模で波及する今日、一方の不安定さが他方のかかえる問題に呼応して、心情的に近い印象をあたえるため、無為で道に迷った多くの若者たちには、もはや国境は時代遅れと見える。また、それぞれの地域の事件が過剰にメディア化されることが、テロ組織の活動を増幅している。彼らはこうして名を上げ、西欧の民主主義国家の中心部にも入りこみ、そこからもますます多くのメンバーを引きよせているのだ。このように、脅威が現実のものであれ、想像上のものであれ、イスラーム・テロリズムは、近年各国においても国際関係においても中心的な関心事であったし、いまもありつづけている。2011年には地政学上の重要な変化（アラブの春）が起こったが、それにもかかわらずこの事象がこの先何年ものあいだ政治やメディアの舞台の前面を占めつづけることはまちがいないだろう。

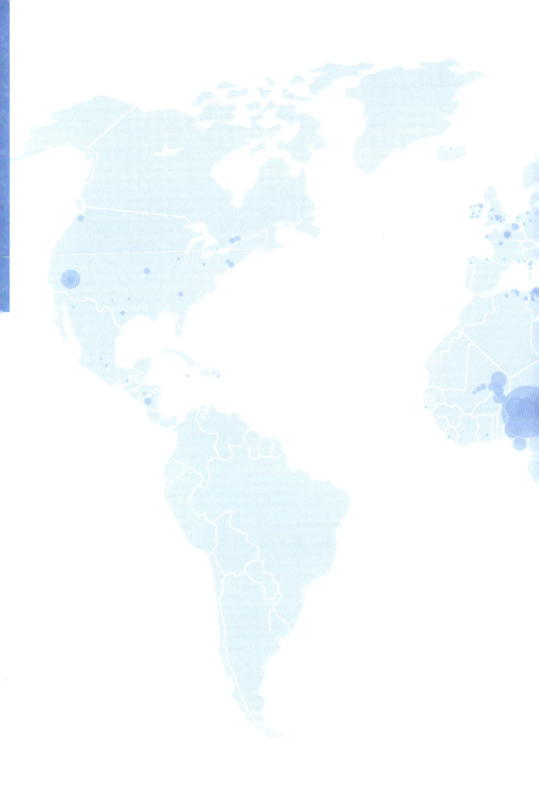

性質と起源

　テロリズムには一致した定義が存在しないし、ましてやイスラーム主義について承認された定義が共有されているわけではない。彼らの行為が政治におよぼす影響の重大さに比例して、さらに意見の違いや各国の立場に応じて、暴力の定義もグループに対する非難の度合も変わってくる。「イスラーム主義者」という呼称についてさえも、専門家のあいだで激しい議論がある。現在、ほとんどのテロリスト・グループやテロ組織がイスラームを標榜しているのだが、実際には「イスラーム」は名ばかりであって、指導者たちは少しも宗教的ではないことが多い。要するに、彼らのイスラーム教への結びつきは、ご都合主義で信用がおけない。それで彼らの見解や行為は、圧倒的多数のイスラーム教徒（ムスリム）たちから非難されているのである。とはいえ、一般の感覚では、テロリズムとイスラーム主義はますます結びつけられて、ときに外国人嫌いやイスラーム恐怖症といった反応をひき起こしている。

10・性質と起源

イスラーム教、イスラーム主義、テロリズム

　イスラーム教は宗教であり、イスラーム主義はイデオロギーであり、テロリズムは行動様式である。「イスラーム主義」は「イスラーム」から派生しているが、接尾語「主義（イズム）」が政治的であることを示す。このように、イスラーム主義は、政治的意図をもった、宗教色のあるイデオロギーのことをいう。

アルバニア
チュニジア
モロッコ
アルジェリア
リビア
モーリタニア
セネガル
マリ
ニジェール
ガンビア
ブルキナファソ
チャ
ギニアビサウ
ギニア
ナイジェリア
シエラレオネ
コートジヴォワール
カメルーン
トーゴ
ベナン
ガボン

宗教と暴力

　「聖なる暴力」はイスラームの専売特許ではない。どの宗教の歴史もこの思想を経験している。キリスト教も、「愛の宗教」の様相を呈する前には征服の宗教で、みずからの行為を正当化する根拠を聖書のなかに見出していた。まず、新約聖書には「わたしが来たのは地上に平和をもたらすためだ、と思ってはならない。平和ではなく、剣をもたらすために来たのだ」（「マタイによる福音書」10・34）〔『新

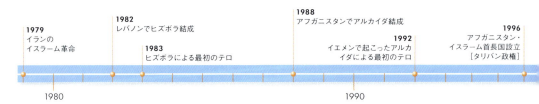

1979 イランのイスラーム革命
1982 レバノンでヒズボラ結成
1983 ヒズボラによる最初のテロ
1988 アフガニスタンでアルカイダ結成
1992 イエメンで起こったアルカイダによる最初のテロ
1996 アフガニスタン・イスラーム首長国設立〔タリバン政権〕

1980　　　　　　　　　　1990

イスラーム教、イスラーム主義、テロリズム・11

アラブ・ムスリム世界におけるイスラーム政治

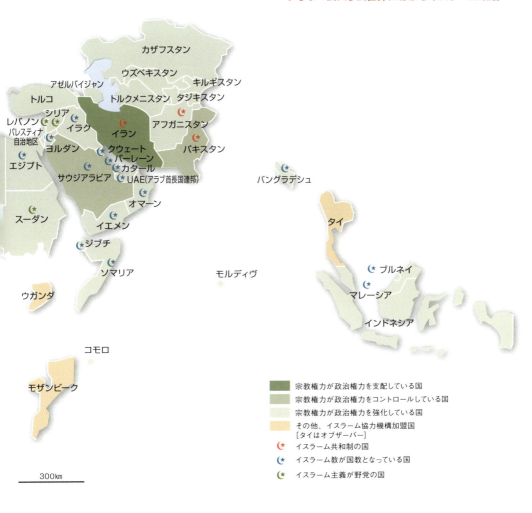

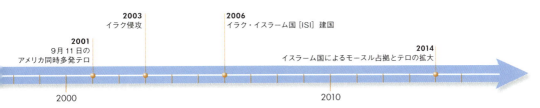

共同訳聖書』、日本聖書協会、1987年］との一節がある。国家と教会の分離も、今日では、よく知られた「皇帝のものは皇帝に、神のものは神に返しなさい」（「マタイによる福音書」22・21）［前同］によって明らかなものとして進歩してきたが、これが認められるようになったのは、たび重なる宗教戦争といくつもの残虐非道な体制をへてのち、近代になってからのことだった。何世紀ものあいだ、この見解は福音書にある別の一節によって後方に追いやられていた。そこでは聖パウロが、「神に由来しない権威はない」（「ローマの信徒への手紙」13・1）と言っている。たしかにキリスト教は16世紀の大発見時代から、植民地開発のおかげで広まったのだが、そこでは改宗の強制が行なわれた。こうした暴力的な布教活動は、宗教の論理にもとづいて、虐殺も略奪も住民をことごとく奴隷状態におとしいれることも正当化していたのだった。

政治的イスラームとテロリズム

政治的イスラームとは、イスラーム教を標榜するイデオロギー化した表現形式にあてられた言いまわしである。この政治的イスラームの信奉者たちは暴力に訴えるので、一般の認識として、テロリズムと結びつけられることになる。そして政治的イスラームは、彼らのいる場所、国、地域によっての多様性にもかかわら

ず、どこでも断固として、シャリーア（イスラーム法）を法基準とし、イデオロギーとして神権政治選択を誇示する。またコーランの原典に対しては、字義どおりの解釈に固執して、近代主義的あるいは進歩主義的解釈を拒否するという特徴を示す。さらに、宗教を、かつての時代と同様すべての人に必要不可欠のものと考える彼らは、聖戦（ジハード）をよびかけるコーランの引用を重視する。これとは反対に、平和的イスラーム教の信徒たちは、個人の努力や寛容、他者への敬意をよびかけるコーランの節のほうからの教えを受けとっている。

イスラーム主義者とは

イスラーム主義への入会や信仰表現の形式はさまざまで、国やグループや宗派によって異なるが、ムスリム（イスラーム教徒）が、個人の信仰によって定義されるとすると、イスラーム［原理］主義者のほうは戦士であり、改宗したてによくみられるような言動で識別することができる。個々の信徒と神を結ぶ関係に干渉し、「正しい道」にいるために信ずべきこと、なすべきことを自分以外の人にも強要する。また神を中心にすえ、人間を周囲に追いやって、この世の関心事よりあの世のことを優先させる傾向でそれとわかる。彼らは神の法であるシャリーアを人間の法の上に置き、究極の目的と

して、シャリーアが実践される「イスラーム国」の設立を願っている。

　2014年以来、まさに「イスラーム国」とよばれる組織が台頭して、ムスリムとイスラーム主義者の混同が広がる原因を作ってしまった。要するにイスラーム主義者を特徴づけているのは、宗教の政治化である。

14・性質と起源

テロリズムと革命的イスラーム主義

テロリズムの歴史は長く、その形態はさまざまである。冷戦が終わり、共産主義が衰退してから、その後を継いで、イスラーム主義に姿を変えた武装反対勢力が世界秩序への過激な異議申し立てをし、西洋においても東洋においても、かつては極左思想が占めていた若者たちの革命を夢見る心のすきまを徐々に占領した。

過激思想のイスラーム化

テロ現象を歴史的に眺めてみると、過激思想が新しいものではなく、たんにここ数十年のあいだにイスラーム化しただけであることが容易に理解できる。テロリズムはイスラーム主義の飛躍よりずっ

イランのイスラーム革命の波及

と前から存在していて、それが意味するのはむしろ無政府主義や共産主義だった。急進的な異議申し立てのための受け皿として、こうした代替のイデオロギーがなかったなら、現在イスラーム主義組織に加担しているうちの何人かはまちがいなく、以前ならイタリアの赤い旅団、バーダー・マインホフ・グルッペの名で知られるドイツ赤軍、あるいはフランスのアクシオン・ディレクト（直接行動）といった極左グループに属していただろう。

赤い旅団は1970年代の社会運動のなかで記憶され、多くの若い労働者を集めて武力闘争を行なっていたが、あとの2つのグループ、ドイツ赤軍とアクシオン・ディレクトには、とくに1968年のパリ五月革命［パリを中心に発生した反体制運動］以後方向性を見失った若者たちが加担した。これと似た傾向が、1980年以降のおもなイスラーム主義グループにもみられる。極左への支持が顕著な退潮を見せはじめた時期である。

2011年のアラブの春以後にも、1968年5月以後に類似した大きな変化が観察されている。アラブの春の幻滅は、イスラーム文化圏の若者たちを動揺させたらしく、彼らの空想的で過激な傾向を生んだ。多くの若者が革命家（スゥワール）を自認し、そのうちの何人かは暴力に訴えて既成の秩序を混乱させようとしている。

たしかに、イスラーム・テロリズムには宗教的基盤があるところがほかのテロリズムと異なる。しかしこの運動の戦士たちも、かつての無政府主義者や独立主義者と同様、テロを自分たちの主義主張に注目を集めて政治的目的を達成するための最上の手段だと考えている。そのことはISのような、革命的闘士のロマンティックなイメージを利用している多くのテロ組織のプロパガンダから見てとれる。「カリフ国の戦士たち」は髭を生やしてベレー帽をかぶり、チェ・ゲバラのようなポーズで写真に写る。なぜなら自分たちを、世界の秩序と西欧帝国主義に抗する新しい「自由の戦士」だと考えているからだ。

革命的イスラーム主義

ヨーロッパが「鉛の時代」（1970-1980年）をとおして極左の革命的テロリズムの恐怖を耐えしのんでいたころ、政治的イスラームが中近東で発展した。シーア派イスラーム教徒においては、アーヤットラー・ホメイニ［アーヤットラーは尊称］が革命的イスラーム主義の基礎を打ち立て、イラン国王（シャー）の転覆とイスラーム共和国の設立（1979年）をなしとげ、西欧諸国の承認を得た。それにならって、武力闘争を推奨する多くのシーア派の党やグループが結成された。そのなかでもっとも有名な「神の党」を意味するレバノンのヒズボラは、1982年、レバノン内戦の真っ只中に、まさにホメイニの後押しを得て設立された。

スンナ派における革命的イスラーム主

義は、エジプト人サイイド・クトゥブ（1966年刑死）の急進思想から発展したが、クトゥブは「ジハード」（聖戦）と「タクフィール」（背教破門）の神学を広めた。信奉者たちはその主張の適用領域を対ソ・アフガニスタン戦争に見出す。この戦争はまた、パレスティナ出身のもう1人のイスラーム主義理論家で、オサマ・ビンラディンの初期の思想的指導者であったアブドゥラ・アザーム（1988年暗殺）の影響のもとに、アルカイダを誕生させた。

1990年になるまで、スンナ派的傾向のイスラーム主義は「共産主義という敵」と戦うことに専念していた。アラブ世界の内部では、イスラーム主義戦闘員と共産主義の学生たちが激しく対立し、生国を離れたイスラーム主義戦闘員がアフガニスタンで赤軍に抵抗した。同じ頃（1990年以前）シーア派イスラーム主義は「ナショナリズムという敵」と2ヵ所の前線で戦っていた。一方はイラン・イスラーム共和国による、ナセルの死（1970年）以後アラブ民族主義の第一人者となっていたサダム・フセインのイラクに対する「聖なる防衛」戦争遂行であり、もう一方は、シーア派のヒズボラによる、イスラエル（シオニズム）の南レバノン占領に対する「抵抗戦争」としての、レバノン国内の西欧の存在への攻撃だった。西欧の利益に対抗するシーア派の初期の行動は1983年にさかのぼり、その年、ヒズボラはベイルートのアメリカ大使館に自爆テロをしかけ（1983年4月死者63人）、多国籍調停軍に対して2件の自爆テロを行なった（1983年10月、ベイルートにある米軍および仏軍兵舎へのテロでアメリカ人241人とフランス人58人が死亡［ドラカール事件］）。

まさに「イスラーム解放」（圧制者、外国列強、イスラエルの占領から）の神学が1980年代をとおして明確になったが、これに実際にほんとうの着想をあたえたのは、アラブ民族主義者（ナショナリスト）たちによる民族解放構想だった。アラブ民族主義が1950年代からイスラーム思想に強い影響をあたえて、イスラーム主義的民族主義とでもいうべき混合イデオロギーの流れを形成し、それがのちにレバノンのヒズボラ、あるいはパレスティナのハマスとなって特異な運命をたどることになったのだ。「民族解放」のイデオロギーから「イスラーム解放」の神学への変質は徐々に起こったことではあるが、時期を特定するなら、1967年（6日戦争）、イスラエルに対するアラブの敗北の年だろう。このとき、ナセル主義の敗北によって変化したアラブの認識が、民族主義からイスラーム主義のほうへしだいに向きを変えはじめたのだ。進歩派の勢力は、パレスティナ国家運動の高まりとあいまって、1970年代栄光の時代を迎えた。民族解放運動のイスラーム化が実際に行なわれたのは1980年代のなかばで、それはソヴィエト連邦が崩壊し、アラブ世界における政

治的「代替」モデルがなくなるまで続いた。そして湾岸戦争（1990-1991 年）では、当時独裁的なサダム・フセインによってではあるが維持され、それまではイランのイスラーム革命の拡大に対する「堰」と認識されていたアラブ民族主義構想の死が明らかとなった。8 年間続いたイラン・イラク戦争（1980-1988 年）は、公式には勝者も敗者もなく終わったが、実際にはその間に受けのよいイスラーム主義発展の土壌を用意していたのだった。

イラクのサダム・フセインによって維持されていたアラブ民族主義と、イランのアーヤットラー・ホメイニによって支えられていた革命的イスラーム主義は、互いに中和しあって、ムスリム同胞団の支持を得た大衆的なイスラーム主義と、アルカイダに代表される暴力的なジハード主義に道を開いた。だがどちらも心情的には、民族主義者たちにとっては低開発からの解放、イスラーム主義者たちにとっては欧米の支配からの解放、というように、同じひとつの解放の神学で結び

ついている。「内なる抵抗」と「外との闘い」は同じ神学の 2 つの面であって、その論理は徐々に大衆層に広がり、欧米やムスリムの指導者たちを「信仰を圧迫する者」として拒絶するようになる。今日もなお、スーフィズム（イスラーム神秘主義）教団などは初期イスラームに立ち返れと主張するサラフィー（サラフ）主義［保守急進的なイスラーム復古主義］やジハード主義［武闘派イスラーム主義］をくいとめようとしているが、制度的うしろだてがなく、革命的イスラーム主義の脅威的成功を前に、存続が困難になっている。

シリア内で、革命的イスラーム主義は、みずからをシリア政府の暴政からの解放を望むものであると宣言し、弱者と被圧制者の守護者を自称することが可能になったため、急進的イスラーム主義、つまりテロリストのグループの多くは、「解放戦線」を組織し、インターネットを使って革命的戦闘士のロマンティックなイメージを拡散させた。

18・性質と起源

テロリズムとジハード主義

　西側の民主主義の国々が戦うべき敵について考えるとき、ジハード主義は世界の平和と安全にとってもっとも危険なイデオロギーと見える。

　20世紀のイデオロギーの前照灯であった共産主義の衰退後、ジハード主義が帝国主義と世界秩序に対立する武装勢力を体現している。しかしこうした変化は、近年のいくつかの大事件がなければ起こりえなかったのだ。

湾岸戦争

　イラクという大国を無に帰せしめた湾岸戦争は、アラブ民族主義の終わりを象徴し、政治的イスラームに自由な行動を

テロリズムとジハード主義・19

アラブの春以降の政治体制と外国軍による軍事介入

許した。1991年以降、あらゆる形態のイスラーム主義が、アラブ世界の内外で徐々に政治の舞台の前面に姿を表し、注目を集めるようになった。冷戦（1945－1990年）後のほぼすべての危機や紛争がイスラーム主義者の闘争にかかわっている。アルジェリアからアフガニスタンまで、そのあいだのソマリア、スーダン、イエメン、チェチェン、バルカン半島やサヘル地域［ゼネガルからスーダンまでサハラ砂漠南縁に広がる帯状の地域］の国々、イラク、シリアにおいてもしかりである。

　湾岸戦争はまた、イスラーム主義者の認識にも転換をもたらした。実際、アフガニスタンのソヴィエト連邦を相手にした戦争（1979－1989年）では欧米側であったビンラディンの「アラブの闘士」やその他のムジャーヒディーンは、イスラームの聖地を冒涜したとして、その後アメリカとその同盟国を敵と考えるようになった。1991年にサウジアラビア王ファハドが、隣国クウェートに侵攻したサダム・フセインを押し戻すために多国籍軍を王国内に受け入れると発表するや否や、サウジ社会の憤りやイスラーム主義者たちの怒りが、四方八方から起こった。サウジ国内に米軍が駐留することで、ジハードの矛先は、シーア派のイランの宗教指導者（アヤットラー）たちに対してスンナ派のサウジ国民を保護してくれ

ていた古くからの同盟国アメリカのほう
を向きはじめた。「アフガンの前線」か
ら戻ったアルカイダの指導者、オサマ・
ビンラディン（1957-2011）も、サウジ
国内の米軍の存在に激しく抵抗、アラビ
ア半島内に組織の支部を創設し、たとえ
ば19人のアメリカ兵が殺害された1996
年サウジアラビア東部のアル・コバール
米軍基地襲撃のような多くの破壊的なテ
ロ行為を遂行した。以後、政府軍や米軍
に対するテロ行為は増すばかりで、しか
も徐々に大胆なものになり、ついには
2001年の同時多発テロにいたる。

2001年9月11日

　ビンラディンの組織アルカイダによっ
てアメリカで遂行された2001年9月11
日のテロは、歴史を転換させた。テロリ
ズムは国際社会の中心課題となり、同時
にアルカイダは西側民主主義の主要な敵
となった。アメリカ政府が打ち出した「テ
ロに対する地球規模の戦争」は、ジハー
ド運動全体に望外の光をあて、「外国人
戦士」の神話創設に寄与した。西欧の軍
事力に対決しているうちに、ジハード運
動は組織を整え、失敗に学び、国際規模
で確固とした地盤を固めつつある。彼ら
の行為が過剰に報道されることで、競争
相手である政治的イスラームに対しても
存在感を増し、ますます多くの「戦士」を、
しかもヨーロッパの国々からさえ集める
ようになった。

イラク侵攻

　2003年、いつわりの口実のもと、ア
メリカ政府は軍事力（ハードパワー）だ
けを用いてイランに侵攻したので、アラ
ブ人やムスリムの世論に不当であるとの
印象が広がり、多くの人々の目には武器
を持って戦うのも当然とうつった。有名
な羊飼いダビデと巨人ゴリアテの図式
だった。

　イラクに侵攻したアメリカは、次に、
イラク人を国籍ではなく宗派（スンナ派
かシーア派か）と、民族（アラブ人かク
ルド人か）によって定義する宗教的性格
をもったシステムを導入した。このシス
テムの制度化は、とりわけ政府の大臣職
の宗派による配分（首相はシーア派でな
ければならない）とともに、従来の政体
の枠組みをゆるがせた。この宗教的政策
に「脱バアス化」［バアスは再生を意味す
る、アラブ民族主義政党。イラクでは1963
年からクーデターで実権をにぎっていたが、
2003年のイラク戦争で崩壊］がくわわる
ことにより、惨憺たる結果が生じた。宗
教的な帰属意識に法外な地位をあたえる
ことによって、イラクにおける世俗的
ナショナリズムの消滅に拍車をかけたの
だ。こうしてアメリカは、愛国心（パトリオティズム）と闘お
うとして、イスラーム主義の勝利に対し、
まだ唯一存在していた歯止めを排除して
しまった。

アラブの春

アラブの春（2011年）はアラブ世界の民主化を実現可能にさせるどころか、従来のシステムをばらばらにくずし、現行の国家のあらゆる面での脆弱性を暴露した。それまで堅実と考えられていたいくつかの政体（チュニジア、リビア、エジプト）が瓦解し、それに続いた無政府状態が、これらの国々における民族国家の失敗を露呈した。わずかなあいだに昔の部族制と地域主義がふたたび勢いを回復し、経済的にただでさえ非常に困難な状況をいっそう悪化させた。最初の自由選挙において、イスラーム主義者たちが勝利し、彼らに権力への道が開けたが、イスラーム主義の得体の知れない力が解き放たれ、その政治的にもイデオロギー的にも容認しがたいふるまいによって事態は深刻化した。いくつもの国で、自由と誇りを求めた当初の願いが、軍事衝突や宗教的性格の内戦に変質してしまった。タクフィール（背教宣告）の動きが台頭したのはこの文脈においてで、彼らはほかのイスラーム教徒に対する「聖戦」をよびかけた。いくつもの武装グループが同じ宗教を信じる人々を「不信心者」と糾弾し、イスラームの名のもとに虐殺を行なった。

同様に、2011年の民衆の蜂起（チュニジア、エジプト、モロッコ、シリアなど）もあらゆる種類の暴力（軍事衝突、政治的暗殺、テロ）の拡大に道を開いた。イスラーム主義の影響下にある党やグループが政治の移行段階のプロセスを支配したことで、争点が宗教色をおびるようになり、アッラーの名による全員の全員に対する戦争をまねいた。

22・性質と起源

テロリズムと宗教戦争

　アラブの春（2011年）以後、イスラームは戦争状態にある。シーア派とスンナ派が対立しているのだが、それだけでなく全世界的に多数派であるスンナ派内部でも、ムスリム同胞団とサラフィー主義が対立している。

スンナ派 vs シーア派

　イスラームの大分裂は7世紀にさかのぼる。スンナ派とシーア派は預言者ムハンマドの死（632年）後、だれが正当な後継者（カリフまたはハリーファ）であるかで対立した。ある者たちは預言者の婿でいとこでもあったアリーが跡を継ぐ「カリファ」（つまり継承）べきであるとし（シーア）、その他の多数派は「カリフ」（後継者）はムハンマドの家族に属さない方を好んだ（スンナ）。彼らにとっては、たんなる信者共同体の一人がよいと思われたのだ。後者が議論に勝って、結局カリフかつイマーム（共同体の臨時の精神的指導者）に任命されたのはムハンマドの最初の友、アブー・バクルだった。

　この2派の理論的特徴と神学上の差異の源はこの後継問題にあるのだが、その後それぞれ、イデオロギー的政治的基盤の上に形成されてきた。数世紀にわたってイスラーム政治から離れていたシーア派は、ホメイニ師に率いられた「イスラーム革命」（1979-1989年）を利用して、1979年、現代のイランの国教となり、ホメイニはテヘランに本部をおくナスルやアフガニスタンのワフダット、レバノンのアマル運動やヒズボラのような多くの過激な抵抗組織の結成を支援しつつ、汎シーアの政治を行なう。2003年のサダム・フセインの失墜ののち、シーア派

テロリズムと宗教戦争・23

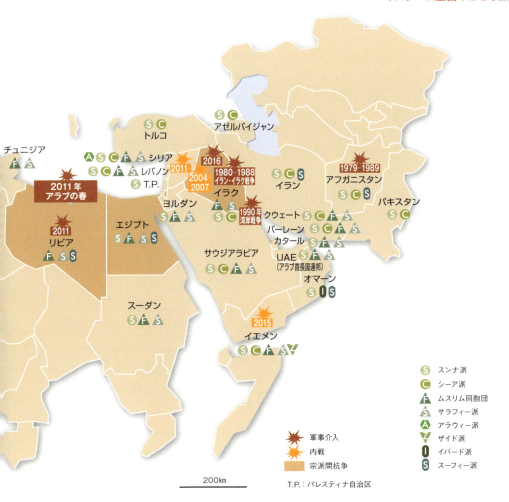

イスラーム主義のおもな派閥

がバグダードで権力を把握し、「シーア派の弧」を強化した。イラクでは、シーア派はそれまで多数派ではあっても、バアス党の専制下で抑圧されていたので、アメリカが創設した宗教システムを利用して報復に転じる。以後、たび重なる殺人、大量虐殺、破壊、住民の強制立ち退きが行なわれた。スンナ派ジハード主義グループの入植とシーア派民兵の急増によって事態はさらに悪化した。

スンナ派 vs スンナ派

　スンナ派内部の抗争は、相異なる傾向の宗教的権威が結集した２つの国際組織

のあいだに存在するイデオロギーと教義
上の対立の形で具現化している。その一
方がイデオロギーではムスリム同胞団の
影響を受け、政治的にはカタールに近い
ムスリム・ウラマー［イスラーム学識者］
組合（ユニオン）であり、他方は、イデ
オロギー的にはサラフィー主義、政治的
にはサウジアラビア寄りのムスリム・ウ
ラマー同盟（リーグ）である。

　アラブの春（2011年）以後、再構成
中のアラブ政治状況のなかで、カタール
もサウジアラビアに対し、また別のイス
ラーム主義を提示したが認めさせるにい
たらなかった。結局2014年の暮、サウ
ジアラビアの制圧を受け、ムスリム同胞
団を離れてもとのさやに戻り、ISなど
に対抗するためサウジアラビアによって
創設されたイスラームの国々の連合にく
わわった。だがその間、同胞団派とサラ
フィー主義派［スンナ派復古思想］の反
目がスンナ派陣営を燃え上がらせ、かつ
てない規模で内戦をあおった。

イスラーム国 vs イスラーム共和国

　イスラーム主義者たちの主張の核心
にはこれまでもつねに「イスラーム国
家」の構想があった。その特徴は、権力
行使にあたっての政教分離の拒否で、イ
スラームは「宗教であり政体である」と
主張する。この神権政治は現代におい
て、シーア派側はイラン・イスラーム共
和国、スンナ派側はサウジアラビアの例
がある。史実にもとづいて、イスラーム

主義の支持者たちはスンナ派であろうと
シーア派であろうと、精神の指導者（イ
マーム）としての預言者と、政治の指導
者としてのその後継者たち（カリフ）の
伝統を正当なものとする。だが「イスラー
ム統治」についてのシーア派の見解とス
ンナ派の見解は区別する必要がある。な
ぜなら両者ははっきりと異なるからであ
る。

イマーム vs カリフ

　シーア派の見解では、組織的で、高度
に階級化された聖職者の存在を理由に、
国家はイマームとよばれる聖職者によっ
て「指導」されなければならず、その正
しい人物にその他の秩序も権力も従属し
ている。これがイランの例で、高位聖
職者アーヤットラーが国の頂点にいる。
アーヤットラーの意見が、普通選挙で選
ばれたイスラーム共和国大統領の意見に
影響するということである。

　スンナ派の見解では逆に、このような
地位は神学理論上ありえない、なぜなら
聖職が公式に制度化されていないうえ
に、宗教家は歴史的に政治の下位にあり
従属するものだったからだ。国家の頂点
には、したがってイマームではなく、社
会的基盤あるいは部族と結びついた政治
か軍事の指導者がくる。この例がサウジ
アラビアで、民族の長だったイブン・サ
ウドの子孫である王たちは宗教家ではな
く、しかしその権力は、宗教界の長であっ
たイブン・アブドゥル・ワッハーブ（1703

-1792) の子孫たちとの協調関係を土台にしている。

　シーア派では一種の「議会制神権政治」において宗教家が政治を支配し、スンナ派では一種の「神権的王制」の枠内に宗教を制度化している。

　どちらも国家と宗教の分離を拒絶して
いて、この権力概念をほかにも広めたいと願っていることでは同じである。この点から見れば、2014 年にはじまった中東を舞台とした「イスラーム国」のカリフ構想は、2003 年以来イラクで猛威をふるっている宗派同士の抗争の延長にほかならない。

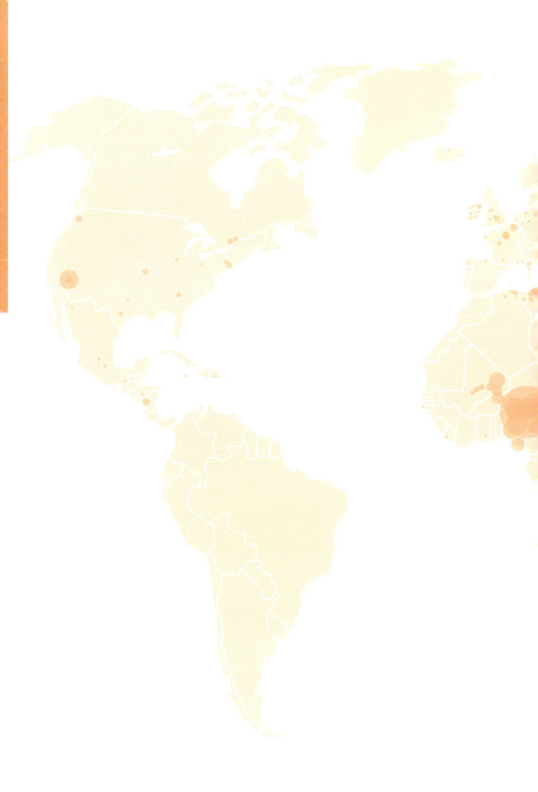

タイプと形態

　テロリズムは不安と恐怖をまきちらす暴力行為の一形態で、目的達成のためには手段を選ばない。だが反面、「弱者」が「強者」に対抗するときの武器として、脅迫によって後者になんらかの条件の受け入れを強制するものでもある。したがってイスラーム主義テロリズムの特性を知るには、その行為形態ではなく、彼らの発展を許し、暴力行為を正当化しているイデオロギーの構造を見るべきである。また、テロリズムという形態でまとめられているなかに、3タイプのイデオロギーを区別できる。まず、汎イスラーム主義は「グローバル」な性格のテロ、タクフィール（背教宣言）主義はおもに「ローカル」なテロ、そして「グローカル」なカリフ主義は、地域に深く根づいているが、世界的な投影力を有する。

汎イスラーム主義と
グローバルなテロ

　汎イスラーム主義者とは、1924年に政教分離等を進めたトルコ共和国初代大統領アタテュルクによって廃止されたカリフ制を復活させようと活動しているイスラーム主義者である。彼らは、ムスリム共同体は「カリフ」（預言者の継承者）なしには、つまり共通の精神的および現世的指導なしには存続できないと考える。そのためにムスリムが、政治的に王やスルタンや首長といったさまざまな君主に服従していたとはいえ、つねにイマームの指導のもとにあったという事実をもち出す。

汎イスラーム主義イデオロギー

　汎イスラーム主義は宗教的政治運動で、起源は19世紀にさかのぼり、最初はオスマン帝国のスルタンによって、広大な帝国内での統一を維持してフランスやイギリスの拡張政策に対抗するために

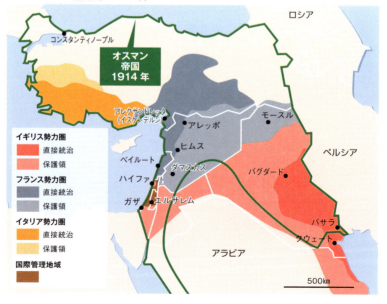

サイクス・ピコ協定（1916年）

奨励されたものだ。活発になったのは、第1次世界大戦後、統一の希望に終止符を打ち、「自由で独立した偉大なアラブ国家」建設計画を決定的に葬りさったサイクス・ピコ協定（1916年）の実施によって、アラブのナショナリストたちが自分たちの土地をだましとられたと感じたときだった。そのため汎イスラーム主義は、カリフ制度の復活とムスリムの再統一をめざす、反植民地主義、反帝国主義運動の様相を呈する。

当時、汎イスラーム主義の先頭に立っていたのは、出身ははっきりしないがアフガニスタンの名前をもつ政治活動家、ジャマール・エディーン・アル・アフガーニー（1838-1897）だった。彼は生涯、ムスリムの国々をまわって、あらゆる面（政治、経済、文化）での西欧の圧迫に対する抵抗思想を広めた。1892年に、スルタン、アブデュルハミト2世（1842-1918）の汎イスラーム主義政治の中心的人物としてイスタンブールにおもむくが、最後の数年を待遇のよい軟禁状態で送ったのち、毒殺される。しかし多くの信奉者と汎イスラーム主義という重要なイデオロギーを残し、のちのアルカイダや「イスラーム国」をふくむほぽすべてのイスラーム主義組織の活動に影響をあたえることになる。

カリフ制崩壊後の汎イスラーム主義

1924年トルコでカリフ廃止宣言の直後、これを受けてヒジャーズ王国のシャリーフ・フセイン［シャリーフは預言者ムハンマドの子孫に対する尊称］はカリフを名のったが、すぐにイブン・サウードの軍によって追いはらわれ、サウード軍は首都メッカにおちついてアラブ統一をなしとげる。それにもかかわらず、2つの国際会議が1926年に組織され、カリフ制と新しいカリフ選出の方法の問題を検討することになったが、教義上の不一致と個人同士の対立のせいで何も決めるにはいたらなかった。1928年、ハサン・アルバンナーが、最優先目標としてカリフ制度の復活と反植民地化闘争を掲げて、ムスリム同胞団の基礎を築いた。同胞の精神をつちかう彼の組織は、華々しい成功を納め、地域の国々に根づき、ムスリム共同体再統合の序幕のように見えた。

今日、汎イスラーム主義には、ムスリム社会のあちこちに信奉者がいるが、彼らは、互いに対立する2つの派閥に分かれている。一方は中央政府のある連邦「イスラーム統一国家」の創立をめざし、もう一方は独立国が結びついた「イスラーム同盟」をめざすが、この2つの構想は異なる原理にもとづいている。一方は「イスラームの家」（ダール・アル・イスラーム）の概念の枠内でムスリムの領土的統一をめざし、他方は「イスラーム共同体」（ウンマ）の概念を引き合いに出して、かならずしも領土の統一ではなく信仰による一体性をめざしているのである。

どちらもその目標を達成するためにそれぞれが、一方は現在の国境はムスリムを分断したい西欧に押しつけられた人工的なものとして脱地域ジハードを推進し、他方は地域内でのジハードを、国境を修正せずに現在の国内で行なおうとする。

このように、汎イスラーム主義は、ムスリム統合の悲願によって、政治的暴力の領域拡大の原因の一端を担っている。この目標を達成するための方法にかんする見解はさまざまであっても、汎イスラーム主義の覇権主義的傾向と、今日のグローバル・テロリズムとを切り離して考えることはできない。イスラーム主義組織内の論理では、ムスリム統合とイスラーム普及をさまたげるすべての障害はとりのぞかれなければならず、それには場所も理由も問題ではないのだ。

オスマン帝国

■ オスマン帝国建国（1300-1359）
■ ムラト2世下での拡張（1421-1451）
■ メフメト2世とセリム1世下での拡張（1451-1520）
□ スレイマン大帝下での拡張（1520-156◯
　最後の拡張（1566-1683）
→ 汎イスラーム主義の喧伝者アル・アフガーニーの旅程

汎イスラーム主義とグローバルなテロ・31

オスマン帝国と汎イスラーム主義

32・タイプと形態

タクフィール主義と地域テロ

タクフィール主義者は過激なイスラーム主義者で、ほかのムスリムに対して「タクフィール」（背教破門）を宣告するところに特徴をもつ。この語は、アラビア語でだれかを「不信心者」とか「異端者」（カーフィル）として扱うことを意味し、その結果イスラーム教徒としての社会的地位に結びついた保証や保護をすべて剥奪する。カーフィルと決めつけることでその人を殺すこともその人の財産を収用することも正当化するのだ。

タクフィール主義の起源と発展

タクフィール主義は、イスラーム主義運動のもっとも有名なエジプト人イデオローグの一人であり、1966年エジプト政府によって死刑を宣告されたサイイド［尊称］・クトゥブの思想に着想を得てい

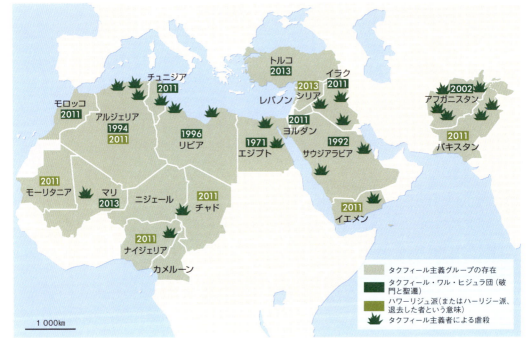

アラブ、ムスリム世界におけるタクフィール主義グループ

る。異端排斥あるいは破門（タクフィール）を行なうこのような形態のイスラーム過激主義は彼にはじまる。クトゥブはまた、神学的見地から政治的暴力を正当化し、ほかのムスリムがイスラームの教えを厳格に守っていない場合、あるいは大部分がムスリムである地域でシャリーアが適用されていない場合、彼らに対する「聖戦」（ジハード）をよびかける現代イスラーム主義の最初のイデオローグの一人だった。このイデオロギーは、エジプトに数多くの小さな武装グループを発生させ、いまもアルカイダからイスラーム国まで、世界中の大勢のジハード戦士たちを鼓舞している。

　アラブ諸国（アルジェリア、イラク、シリア、イエメン）でくりひろげられた内戦のあいだ、タクフィール主義者たちは徹底してほかのムスリムに対し聖戦を布告し、彼らを不信心者とみなすことで殺害を正当化した。このように、タクフィール主義者たちが虐殺の先導者であり、内戦の第一の受益者だった。彼らの究極の目的は「イスラーム国」（神権政治）が樹立され、そこでシャリーア（神の法）が厳格に実践されることなのだ。

　マグレブにおいて彼らはGIA（イスラーム武装集団）として、ムスリムに対する残虐行為を展開する。その結果アルジェリアが非常に過酷な内戦（1992-2002年）におちいったため、組織内の主要な党派であったGSPC（布教と闘争のためのサラフィー主義者集団）はこれ

を非難し、離脱した。GSPCは2006年からイスラーム・マグレブ諸国のアルカイダ（AQIM）を誕生させ、基本方針として一般のムスリムを攻撃しないこととした。というのも、2000年代からは、サイイド・クトゥブの後継者たちのあいだでも、イスラームの地におけるジハードが許されるかどうかの点で激しい議論があったからだ。たとえば、ビンラディンの後継者としてアルカイダのリーダーとなったアイマン・ザワヒリは、元同志であったサイイド・イマーム、またの名をドクター・ファデルと、ムスリムの国で行なわれる軍事行動の是非について、そしてとくに公共の場（市場、スーパーマーケット、高校、大学など）での自爆テロの遂行の問題にかんして、何度も対立していた。

　しかしだからといってタクフィール主義者はいなくならなかった。反対に、彼らは増殖を続け、イラク・レヴァントのイスラーム国（ISIL）として華々しい飛躍をとげる。実際、2014年から、このテロリスト集団のイデオローグたちは、ある地域全体あるいはある共同体を狙い撃ちするようにして、数多くの破門と断罪のファトワ（宗教裁断）をくだした。狙われたのは、たとえば（イラクの）シーア派や（シリアの）アラウィー派［シーアの一派で少数派］が大多数の地域で、不信心とみなされて多くの破壊的な攻撃を受けた。イラクのヤズィード教徒の共同体も同様に破門を言い渡され、（とり

わけシンジャール山で）同組織の軍事行動の標的となり、捕虜になった信徒たちは奴隷にされた。

カーフィルとはなにか？

アラビア語でカーフィルとは、イスラームの用語で異教徒、異端者、不信心者を表す。暗さや隠すこと、を意味する語根から出ているが、宗教的意味では神に対する忘恩を暗示する。伝統的神学では、カーフィルは神の唯一性もムハンマドの預言も信じない者をいう。「啓典の民」つまりユダヤ人やキリスト教徒は、原則として、大ぴらにイスラームの教えに敵意を示さないかぎりは、このカテゴリーから除外される。また、神のみが人の心を推し量って、信心、不信心の真実を知ることができるのだと認めているにもかかわらず、神学者は不信心者の類型を設定している。神を信じない（無神論者）、信じていないが信じているふりをしている（偽善者）、信じているが信仰告白をしない（不可知論者）、神を信じているが宗教を受け入れない（理神論、自然信教信奉者）、それに多神教徒（ムシュリク）、棄教者（ムルタッド）もくわえるべきだろう。ムスリムの長い歴史のなかでも、さまざまな政治的宗教グループが互いに不信心を非難しあい、自分たちの教理や教義を認めさせるために武力対立してきた。今日のイスラーム主義の運動では、不信心とされる対象は民間宗教から日常生活のなんでもない行為

にまでおよび、それが背教宣告の領域を事実上広げている。

背教宣言の拡大

世界規模で過剰なまでにつながりあった通信と情報の社会がおよぼす感染作用のせいで、過去においてなら、超少数派の「偏狭な逸脱」としてかたづけられてしまったであろう「局地的なタクフィール主義」という現象が、国境を超えるメディアやインターネットの魔術によって、世界中の家庭でみられる日々のニュースのなかに市民権を得た。だが受けとる側の事情はさまざまで、この局地的な現象が個人個人にどう受けとめられるかは、ますます複雑で予測できないものとなっている。こうしてスピーチやビデオやソーシャルメディアに配信されたコンテンツの形をとった「オンライン」でのタクフィール主義が拡大している。

この新しい形態での発展のなかで、タクフィール主義は勢いを増し、複雑化した。今日では、背教宣言の宗教裁断がインターネットやソーシャルメディア上に非常に多くみられる。これらは法的に見て、純粋にそして単純に憎しみの教唆であり、殺人のよびかけである。だが、こうしたメッセージの発信者たちが法的な追求を受けることはめったにない。なぜなら彼らは匿名の後ろに隠れ、世界に広がるウェブ上の無数の無名のユーザーのなかに溶けこんでいるからだ。

インターネットがアクセスすることを

可能にしたなみはずれた手段のおかげで、タクフィール主義はデジタル時代に参入し、サイバースペースを侵略した。ソーシャルメディア上の破門宣告や執拗な嫌がらせ、殺すあるいは報復するというおどしのメッセージは数えきれないほどだが、過激思想に染まり、ほかのムスリムを殺人の標的にしている人物は、これらヴァーチャル世界のタクフィール主義者たちのあいだにもっとも多い。彼らがとくに標的とするのは、穏健なイマーム、進歩的知識人、解放されたムスリムの女性である。

インターネットと並行した現実世界で、タクフィール主義のテロは実行的であるとともに精神的な形をとる。断罪は政教分離や民主主義のようなイスラームの教えに反すると考えられる思想に対してなされる。多くのムスリムが、異端的と判断される態度によって不信心者よばわりされるが、その態度とは西欧音楽の

コンサートへ行ったり、ダンスのショーを見に行ったりすることなのだ。ムスリムの女性は、服装や交友関係を理由に、とくに破門宣告の対象となりやすい。執拗な嫌がらせや言葉や実力による攻撃を受けることもしばしばで、とくに、近年タクフィー主義イデオロギーが勢力を広げた無法地帯で顕著である。

この個人の自由に対する重大な侵害により、多くの知識人は彼らをファシズムになぞらえられた。おもにインターネット上での拡散だとはいえ、今日それは実際の影響力をもっていて、分派ができたり、ムスリム共同体内での自主検閲をひき起こしたりしている。ソーシャルメディア上にこれだけ多くのタクフィール主義者たちが存在するのだから、国際世論が動いてもよさそうだが、彼らの暴力がほぼムスリムのみに向けられていることが、ローカルテロの広がりの大きさを見えにくくしている。

カリフ主義と「グローカル」なテロ

「カリフ主義」という語は、中世のカリフ制の地理的広がりと政治概念への復帰願望を意味する。この本質的に［新しい世界秩序の到来を待つ］メシア思想の性格を有する思潮は、国際レベルでの支配の漠然とした意欲とともに、地域レベルでジハードのテリトリー確立をめざしている。旧植民地支配国によって線引きされた国境に異議をとなえ、「グローカル」［27ページ］テロリズムの新たな顔を代表する。

カリフ制度の起源と発展

20世紀の初めまで、ムスリムがカリフなしの時代をすごしたことはなかったといっても過言ではない。カリフ制度にも良いときと悪いとき、この制度を象徴するような人物のことも、あまり栄光に満ちているとはいえない人物のこともあったとはいえ、預言者ムハンマドの後を継いでムスリムを導く現世の精神的権威としてつねに存在した。「カリフ」はアラビア語で（預言者ムハンマドの）「後継者」を表す。

ムスリムの歴史には2度の偉大なカリフ時代があった。最初はダマスカスのカリフ座で、ウマイヤ朝とよばれるが、その名は王朝の家系の祖先にあたる、ムハンマドの大叔父ウマイヤから来ている。ウマイヤ朝はカリフ制の首都をシリアに置き、紀元661年から750年まで、スペインまでふくむ中近東一帯の征服地を治めた。2つめはバグダードのカリフ座で、アッバース朝とよばれる。その名は王朝の家系の祖先にあたる、ムハンマドの叔父アッバースから来ている。アッバース朝はカリフ座をイラクに移して、750年から1258年までムスリム世界の大部分を統治したが、帝国領土の細分化と地域王朝の台頭を前に力を失った。だが西

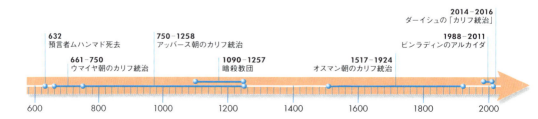

カリフ主義と「グローカル」なテロ・37

ウマイヤ朝からダーイシュまでのカリフ統治

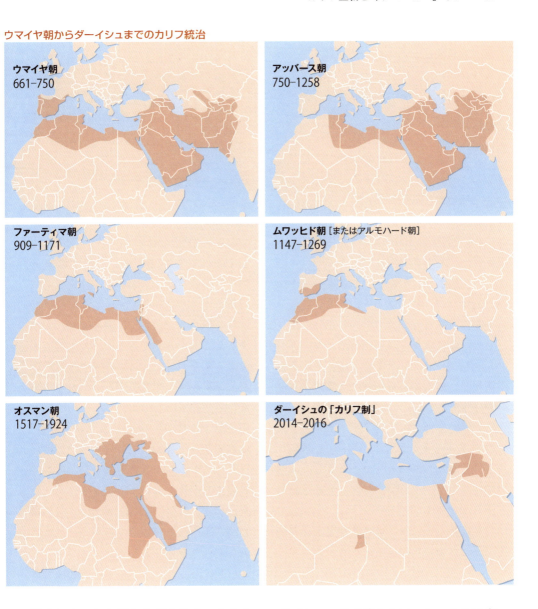

欧人にもっとも親しみがありもっともよく知られているのは、イスタンブールに置かれたオスマン朝のカリフ座（1517-1924年）である。地理的には、王朝の交代がシリアからイラクへ、それからエ

ジプトへ、その後トルコへと、カリフ座という重心の移動となって現れた。これを神学理論から見れば、王朝や支配者は代わったが、632年のモハメットの死以来中断することなく、ムスリムはカリ

フの権威のもとにあったということになる。カリフは直接の権力行使以上に、ムスリム共同体（ウンマ）の一体性と継続性と正当性の力強いシンボルなのだ。

カリフ統治の地方導入

カリフ主義は神学的領域概念を推奨し次のように区分する。「イスラームの家または土地」（ダール・アル・イスラーム）「不信仰の土地」（ダール・アル・クフル）「戦争の土地」（ダール・アル・ハルブ）「共存または休戦の土地」（ダール・アル・スルフ）である。この区分は中世の遺産だが、サラフィー主義とジハード主義の傾向をもつイスラーム主義グループの興隆により、現代に復活した。

「国家」という領域は、ムスリムを分断するために植民地主義によって人工的に作られたものとして疑問に付され、国家の統治権は、アイデンティティと宗教性を求める動きによって打ちこわされる。カリフの旗のもとでのムスリムの団結をよびかける武装グループ間の競合が、国民国家の形骸化に拍車をかけて、行政区画（ウィラーヤ）の創設という形で地域の細分化が進んでいる。

カリフ国のグローバルな拡散

「イスラーム国」（IS）は、イラク第2の都市モースルを掌握し、カリフ制を宣言（2014年6月29日）してから、全西欧諸国にとって不倶戴天の敵となり、西欧諸国はすぐに、アメリカの指揮のもと空爆を開始した。その2014年秋、ISは3段階の報復を実行に移した。第1段階はソーシャルメディアとインターネット上の激しいプロパガンダを通じて、西欧におけるテロリストの使命をよび起こすことだったが、それによって失敗に終わったものもふくむ一連のテロが試みられる。十分な準備も本格的な訓練も受けていない「シンパ」によるものだった。カナダで、オーストラリアで、そしてアメリカで起こったテロの犯行声明が2014年11月、ISの公式機関紙ダービクに掲載された。このテロ作戦の第2段階は、西欧に居住していて、一、二度はシリアなどでの訓練に参加したことがあるような人物を使ったテロを事前に準備することだった。この段階での標的はジャーナリストや機動隊といったあるかぎられた範囲にしぼられる。この段階の象徴的な事件が、2015年1月パリでの、風刺雑誌シャルリ・エブド襲撃である。テロリストたちが3日も逃走し、さらに大規模な虐殺を遂行する可能性があったとはいえ、彼らにはISによってあらかじめ定められた目標があった、つまり標的を定めたテロ行為だった。

第3段階は、シリア・イラク地域で訓練を受けた戦士たちを送りこみ、標的を定めたテロから無差別テロへ移行することである。この方法は新しいものではなかったが、2015年11月のパリ同時多発テロはその規模の大きさ（死者130人、負傷者500人以上）で人々を驚かせた。

この「カリフ国」の段階的な台頭と彼らの標的の範囲の広がりは、シリアとイラク内のテロ組織に対する多国籍軍による爆撃の激化に対応して漸進した。「カリフの戦士たち」は2015年、アラブ・ムスリム世界の外の15カ国に分散して50件以上の死傷テロを遂行し、1500人を超える死者を出した。

40・タイプと形態

スリーパー（潜入工作員）と
ローン・ウルフ（一匹狼）

「スリーパー細胞」という概念は冷戦時代の遺産で、第3国のために諜報活動や破壊行為を行なうため、標的国に潜入したスパイ網を意味した。「ローン・ウルフ」のほうは、1990年代終わりによく知られるようになった言葉で、あるイデオロギーの信奉者でありながら、単独で行動してテロを遂行するテロリストをいう。

スリーパー細胞

　スリーパー細胞はすくなくとも2名で構成されるが、物資の援助や任務の遂行を容易にする「補助」のシンパがいることもある。彼らがスリーパー細胞の活動に貢献していることをかならずしも自覚している必要はない。大規模な作戦の場合、細胞はほかの仲間にも広がって10人程度になることもある。

　2015年1月と11月にパリで起こった一連のテロは、当世風のドラマティックなやり方で、忘れられかけていたスリーパー細胞を思い起こさせた。スリーパーは「イスラーム国」の発明ではないが、アル・バグダディ率いるこの組織は、気に入りの武器として狙った敵に対してよく用いている。2015年1月、シャルリ・エブドを襲った2人の「エージェント」は同じ細胞のメンバーであり、2005年から同じ「イラクへ向かう戦士の歩み」というジハーディストのネットワークに属していた。さらに、以前からみな

知りあいで、アルジェリアのGIA（武装イスラム集団）元指導者の脱獄に加担したこともある。GIAは1995年パリの地下鉄駅などで起こった連続テロのスポンサーグループである。2015年1月の同時多発テロでユダヤ系食料品店を襲ったテロリストの一人（アメディ・クリバリ）は死後に向けて残したビデオでISに属することをはっきりと宣言している［シャルリ・エブド事件についてはアルカイダが犯行声明］。

　さらに、2015年11月パリの自爆テロで、複数の細胞からなる正真正銘のネットワークの存在が明らかになった。細胞のうちいくつかはリーダー（アブデルハミド・アバウド）のヨーロッパへの到着とともに活性化していた。アバウドはほかの戦闘員とともに、戦闘と爆撃をのがれてやってきたシリア難民の流れに潜入したのだ。

　潜入工作員として、スリーパー細胞のメンバーは、それと気づかれたり、情報

機関の注意を引いたりするのを避けて暮らす。この人目を引かないための努力は、ときに極端なまでで、「エージェント」たちの日常は悲しいほど平凡だ。はっきりした宗教色や特別な態度を見せて細胞のメンバーと識別されることはない。彼らは、一般大衆に溶けこんで怪しまれることなく、つねに警察の注意を引かないように行動している。作戦のときがくれば、細胞は「活性化」あるいは「再活性化」して「眠る」のをやめる。ISの場合、多くは一度だけ活性化する。つまり細胞はたった一つの作戦にだけ加担し、そのあとは消滅する。工作員たちを鼓舞している殉教（自爆）のイデオロギーのせいで、細胞は作戦の最後に自滅することになっている。つまり敵との対決のなかで死ぬか、自爆テロ（カミカゼ）によってみずからを消しさるかである。

　この、死ぬ、あるいは自死するという面は、このタイプの細胞の強みでもあり（潜入工作員は死ぬことをおそれない）弱点でもある（あまり使命感をかき立てない）。実際、彼らにかける時間や訓練という投資を考えると、こうした細胞はあまり成功しているとはいえないし、将来性がない。

「ローン・ウルフ」

　「ローン・ウルフ」という言葉は1990年代の終わり頃、2人の極右アメリカ人、トム・メッガーとアレックス・カーティスによって普及した。カーティスは、支持者の一人一人に、テロを遂行するためには単独で行動することを奨励した。同じ運動に参加しているほかのメンバーが責任を負うことがないようにである。暗殺でも爆弾テロでも生物兵器でも、個別に実行するのが効果的だとはっきり推奨したのだ。カーティスはまた、「ローン・フルフ」はイデオロギー的に同調しているグループとも個人的接触を決してもたないようにして、諜報機関に感づかれるのを避けるべきだと忠告した。

　メッガーのほうは、孤立した個人がそれぞれ不法行為を行なう「リーダーなき抵抗」の概念を、アメリカ極右の行動のモデルとして理論化した。この理論にほかの組織の団体精神を対比させ、団体は効率が悪く、容易に当局から感知される、と批判している。彼による理想の行動様式とは「ローン・ウルフの積極的行動主義」であり、群れから離れて単独で、好機と判断したときに、独自の手段によって攻撃することだ。

　この2人の極右理論家以後、「ローン・ウルフ型のテロ」という表現が、この行動様式を実践する個人、つまりある特定のイデオロギーや運動に関係していながら、グループや組織からはずれて単独で暗殺やテロ攻撃を実行する個人をさすようになった。

　多くの場合、ローン・ウルフは非常に過激なグループのイデオロギーに傾倒しているが、そのグループとはまったく、あるいは最小限で秘密裏にしか接触しな

い。実行のために推奨された戦術や手段はもっぱら「ローン・ウルフ」だけによって実施され、ときには計画やテロリストの目的をまったく知らない人々から物資などの支援を受けることもある。

「ローン・ウルフ」のアイディアは、2015年ISによって採用され、彼らの宣伝をとおして一般に知られるようになった。それはリーダーなしで、一人一人が自分の想像力と個人的な能力にしたがって行動することをよびかけるが、イデオロギーの枠と共通の目的には従いつつ、というものだ。上に述べたように「ローン・ウルフ」だけが実行し、ときに何も事情を知らない人物の物資援助を受け

る。こうすることで、もし組織のシンパの1人が失敗しても、ほかのメンバーを道づれにすることはない。逆に、もし成功すれば、組織はプロパガンダの形でそれを利用することができる。結局、この型のテロにおいて、危険はテロリスト一人が負い、結果の利益は組織と分けあうことになる。

「見えない兵隊」

西欧出身のゲリラや戦士を大量に募集するのには2つの目的がある。情報機関に探知される危険を最小にすることと、恐怖の種をまいて人々の不安をあおることだ。標的にしている国へ気づかれずに

スリーパー細胞あるいはローン・ウルフによるとされたテロ

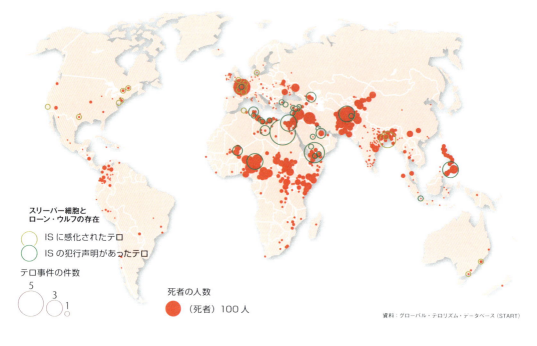

資料：グローバル・テロリズム・データベース (START)

入りこむ「見えない兵隊」の概念は、たえまない脅威を社会にあたえ、国民の団結を害する。はっきりしたサインや典型的なプロフィールがないぶん、恐怖はより大きい。人々の意識のなかに疑いが吹きこまれると、「第5列」（スパイや潜入工作員）かもしれないと思われる人々に対する決めつけや差別という、地獄のマシーンが動きはじめる。

不均衡な戦争

　都市部のゲリラであれ、スリーパー細胞であれ、ローン・ウルフであれ、テロはいわゆる「不均衡な」といわれる、つまり敵に対し不均衡な力と手段で挑む戦いの部類に、完全にふくまれる。このようなタイプの戦いとして、テロはきわだって弱者の武器であり、直接の対決を避けて、自分より強い相手のすきや不備を利用するものだ。非力を補うためには、攻撃の好機を待って、激しいプロパガンダや違法な手段で攻めることになる。この不均衡な戦争の挑戦を受けて、民主主義の国々は、拡散型の、変幻自在で、進行性の脅威を前になんとか応戦、あるいは対処しようと苦慮している。

　実際、都市型ゲリラ、スリーパー細胞、ローン・ウルフの組みあわせは、集団的な不安感を生じさせる。予測不能な行動や非理性的な反応が、国家が非力であるという印象をあたえ、不安感を生むのだ。不均衡な戦争が、国から遠いところで展開するかぎりは、こうした感情は当局によって管理することもできるだろうが、国内で不意に現れた場合には、内戦の危険さえある。

44・タイプと形態

電子的ジハードと
サイバーテロ

　イスラーム主義の影響を受けたテロ組織は、軍事参加の新しい形として「電子的ジハード」といわれるものを、パソコンの前で多くの時間をすごしながら、シリアやその他の場所でジハードを行なうことを夢想しているような人々に向けて奨励している。こうしたヴァーチャル・ジハーディストたちの一部は宣伝活動を引き受けるが、もっと情報処理に強ければサイバー攻撃を担当する。

ジハードの中心にある
インターネット

　インターネットは、テロリスト組織のプロパガンダおよび人材募集の主要なパイプである。彼らは手に入るテクノロジーや手段をなんでも使うが、とくにこれまでなかったソーシャルメディアの機能はシンプルで迅速な匿名のやりとりを可能にした。組織はこのネットワークを使って情報や資料をやりとりするだけでなく、言葉やオーディオ・ビジュアルのやりとりで結ばれた個人同士の共同体を作るのに利用している。2013年、「イスラーム国」（ISIL）は、世界の大部分の言語で広報活動を行なうという変革を実行した。以後、だれでも自国語でプロパガンダが読めるようになり、自分の同胞が特別に企画したビデオを見ることができるようになったので、プロパガンダの

効果が増大した。この点で、非常に大勢が、ISの戦列にくわわろうとする前に、あるいはテロリズムに身を投じる前に、ジハーディストのプロパガンダを徹底的に読んだり、見たりしていることが認められる。広報活動が対面で行なわれないことは、その共同体が純粋に虚構、仮想でしかないことを意味しない。それどころかしばしば現実に影響をもたらし、違法である場合が多い活動や犯罪の原因を宿している。実際、ウェブという道具はテロリスト志願者のだれの手にもとどくところにあって、彼らはそれを最大限利用することを躊躇しない。テロリズムに

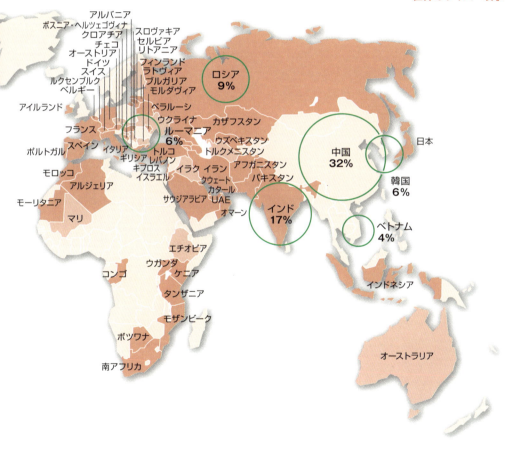

世界のサイバー攻撃

資料:グローバル・テロリズム・データベース(START)

かんして問われている根本的な問題は、イスラーム主義プロパガンダ全般にかんしてではなく、もっと明確に、インターネットやソーシャルメディアの国際的規制の問題であって、そこでは、今日あらゆる種類の犯罪行為、違法行為がはびこっているということだ。

サイバーテロの飛躍的増加

テロリスト集団は、ほとんどコンピュータの知識のない支持者たちだけでなく、専門の技術者や有能な情報処理エンジニアも引きよせる。なかには組織が提供する魅力的な給料につられる者もいる。ISなどは、技術者によっては月に1万ユーロくらいまで払うこともある。ISはまた通信施設（電話、インターネット）も掌握し、最新技術をそなえた指令センターをもつことによって、魅力を高め、影響力を広げている。

実際、ISは最初シリア人とイラク人、それからほかの国籍のコンピュータ技師を大勢集めることによって、自前の通信システムを配備することが可能になり、ときには大規模のサイバー攻撃を行なうことができるようになっていた。そこで2015年4月の、フランステレビ局TV5モンドを狙ったサイバー攻撃は、ISに帰され、IS側も否定しなかったが、のちに、継続中のウクライナ紛争にかんして、そのテレビ局のウクライナ危機の扱いに反感をもったロシア人ハッカーたちのしわざと判明した。

2016年には、アメリカが、中東における指令センターとアメリカ国内の行政機関のサーバーに対して数回の攻撃を受けたことを報告した。サイバー攻撃とは、コンピュータシステムに侵入し、データを奪取または破壊すること、機密情報の漏洩、ウィルスやトロイの木馬などの不正プログラムをインストールさせることなどをいう。テロリスト集団にはまだ大規模な攻撃をしかけて大国の経済を動揺させるまでの技術力や能力はないが、散発的だが高度に有害な攻撃で、停電や断水を起こしたり、脆弱なインフラをコントロールしたりすることは可能である。さらに、兵器や戦場がますますコンピュータ化されたことよって、軍事大国の戦闘手段のハイジャックや妨害といぅ、予想外の危険が出てきた。すでにISは一定の戦闘地域において、偵察用ドローンを撹乱し、奪取して再利用する能力があることを証明している。この種の能力を今後さらに発展させることは十分に考えられる。

ますます進むわれわれの暮らしのコンピュータ化、システムがネットワークでつながっていること、システムが脆弱であることが、新世代テロリストの登場を危惧させる。たとえばミニドローンの一般への普及は、将来に向けて重要なリスクの一つである。なぜなら空中からの監視と遠隔操作の先進ツールがだれにでも手に入れられるようになるからだ。次世代のテロリストたちは、どこかへ出向い

たり、自爆したりする必要はなく、この
革新的な新技術をマスターするだけでよ

くなるだろう。

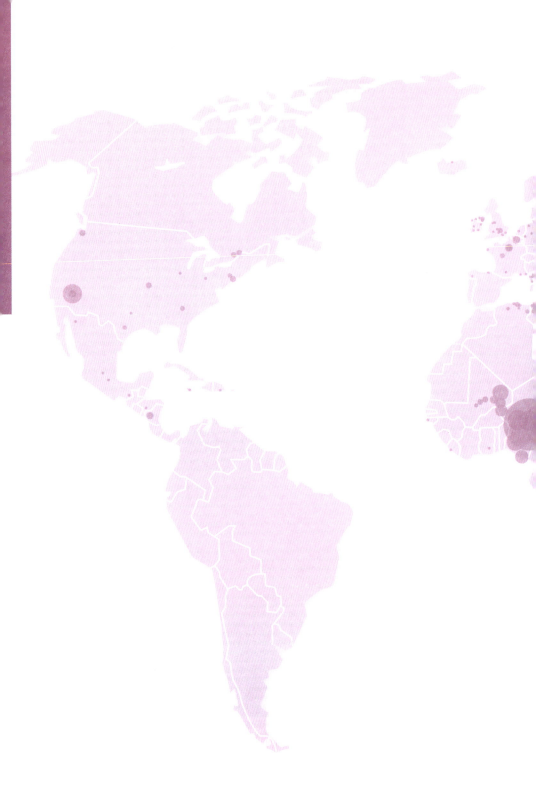

テロリスト・グループ、テロ組織

　イスラーム主義の武装集団はかなりの数に上るが、それらがすべて一般に知られているわけではないし、危険性において同等というわけでもない。完全に局地的で、国内あるいはある地方でのみの活動をする集団もあるが、国際的で世界中のどこででもテロを行なう集団もある。よく知られた2集団、アルカイダと「イスラーム国」の場合がそれだ。

　（国際連合やアメリカあるいは欧州連合によって作成された）公式のリストは100を超えるイスラーム主義集団を集めているが、なかでも重要なのは、アフリカのイスラーム・マグレブ諸国のアルカイダ（AQIM）、ボコ・ハラム、アル・シャバーブ、アル・ムラビトゥーン、アンサール・アル・シャリーア、アジアのアブ・サヤフ、カフカス首長国、ジェマー・イスラミア、ラシュカレ・タイバ、タリバン、中東におけるアラビア半島のアルカイダ（AQAP）、アンサール・バイト・アル・マクディス、ヌスラ戦線である。とはいえ、いくつかのグループについては異論がある。テロリストの行動様式を用いてはいるが、国民的レジスタンスを標榜しているからだ。レバノンのヒズボラやパレスティナのハマスがその例である。

アルカイダとその「支部」

1988年、オサマ・ビンラディン（1957-2011年）によって創設されたアルカイダは、以後、イスラーム主義テロリズムの原動力となった。ほかの武装グループと連結し、現在も多くの支持者に影響をあたえつづけている。2001年9月11日のテロ攻撃の後は枝分かれし、いくつもの「支部」が誕生した。なかでももっとも活動的なのが、いままでのところアラビア半島のアルカイダ（AQAP）とイスラーム・マグレブ諸国のアルカイダ（AQIM）だ。

アルカイダの起源と発展

1979年から1989年にかけて、アラブ諸国は反共産主義の戦争に貢献していて、アフガニスタンに多数の志願兵を送りこんだ。アメリカ人の承認を得て、彼らはサウジアラビア人オサマ・ビンラディンが長をつとめる軍務局によって管理されていた。ビンラディンはもともと神学に通暁していたわけではなかったが、彼にはパレスティナ人アブドラ・アッザム（1941-1989年）という高名な指導者がいた。その人物こそが、現代イスラーム主義運動の拡張政策の中心に、戦闘のイデオロギーとしてジハード主義を置いたのだ。彼にそそのかされてビンラディンは、1988年カイダ・アル・ジハード（ジハードの基地）を結成した。転機は1990年、サウジアラビアが国内に、隣国クウェートをサダム・フセインのイラク軍の侵攻から解放する多国籍軍を迎え入れたときだった。アルカイダの指導者ビンラディンは、外国軍の存在に激しく抵抗し、自分の軍隊で王国を守ることを申し出た。

アルカイダとその「支部」・51

アルカイダの定着

　それを拒否され関係を悪化させて、彼はサウジアラビアの国籍を失い、1992年スーダンへ、その後1996年からはアフガニスタンへの亡命を余儀なくされた。そこで最終的に国際テロに方向転換することになる。以後、アルカイダのネットワークは直接的・間接的に、1998年の2つのアメリカ大使館（ケニアとタンザニア）や、2000年の米駆逐艦コール号に対するテロにかかわった。そしてもちろん2001年9月11日のニューヨークの世界貿易センタービルとペンタゴンを狙ったテロでは、ビンラディン本人が犯行声明を出した。

2003年のイラク侵攻の後、ビンラディンはアルカイダの支部設立を奨励する。2004年2つの大河［ティグリス・ユーフラテス川をさす］の国のアルカイダ（イラク）、2006年にイスラーム・マグレブ諸国のアルカイダ（アルジェリア）2009年にはアラビア半島のアルカイダ（イエメン）が結成された。2011年のビンラディンの死後も、後継者のエジプト人アイマン・アル・ザワヒリがソマリアのアル・シャバーブの忠誠を受けたり、2つの新しい支部を作ったりしている。2013年のレヴァントのアルカイダ（シリア）と2014年のインド亜大陸のアルカイダ（バングラデシュ）である。

アラビア半島のアルカイダ（AQAP）

AQPAはアルカイダの支部のなかで、もっとも力があり活発である。2009年1月、サウジアラビアとイエメンのジハーディスト・グループが融合して誕生し、それにまもなく外国からの戦士が大勢合流した。結成以来、AQAPは多くのテロやテロ未遂事件で犯行声明を出しているが、実行者たちはAQAPのリーダーたちと接触をもったことがあったり、イエメンの訓練キャンプに参加したことがあったりする。そのなかでもっとも知られているのは、2009年12月25日にアムステルダムからデトロイトへ向かう米航空機内でテロ未遂事件を起こしたナイジェリア人ウマル・ファルーク・

アブドゥルムタラブである。最近ではクワシ兄弟が2015年1月7日パリでシャルリ・エブド襲撃事件を起こしている。

AQAPは「イエメンの春」に続いた混乱を利用して、国の南部において勢力を増した。アビヤン県の各地で支配を強化し、ジンジバールのような都市を掌握した。だが、2014年末にはイエメン北部で勢力をもっていたシーア派の武装組織フーシに、主要都市である首都サヌアを掌握され、さらには、大規模な募兵活動を展開してかなりの数の兵士を引きよせはじめた新参の「イスラーム国」とも競合することになる。

イスラーム・マグレブ諸国のアルカイダ（AQIM）

AQIMは北アフリカおよびサヘル地域における主要な武装組織である。2006年末、アルカイダ系列の同じ指揮下にあったマグレブとサハラのイスラーム主義グループを統合して誕生した［2007年1月に改名］。核となっているのは、1990年代の武装イスラーム集団（GIA）から分派した、2000年代の宣教と戦闘のためのサラフィスト・グループ（GSPC）である。［マグレブはアラビア語で西の意味。アフリカ北西部のモロッコ、アルジェリア、チュニジア。リビアをふくむこともある。サヘル地域は、サハラ砂漠南縁のマリ、モーリタニア、ニジェールなどの北部地域。］

すでに（2004年以来）GSPCの「アミール（首長）」であった、アルジェリア人

アブー・ムサブ・アブデルワドゥード、別名アブデルマレク・ドルークデルが結成当時から最高指導者となった。アルジェリアとサヘル地区における AQIM の地域活動の司令官たちで構成される評議会が彼を補佐する。AQIM でもっとも知られた人物のなかには、多くの欧米人誘拐事件を起こし、2013 年 2 月のフランス軍によるマリ北部への軍事介入の際死亡した、アブデルハミド・アブ・ゼイドがいる。

また、隻眼との異名をもつモフタル・ベルモフタルは、2012 年に AQIM を離脱後、2015 年にまたその膝元に戻った。地域内の「イスラーム国」という競争相手と対立姿勢を示しつつ、AQIM の名で、サヘル地域のフランス軍襲撃、2015 年 11 月 21 日のバマコ（マリ）のラディソン・ホテル、2016 年 1 月 15 日ワガドゥブ（ブルキナファソ）のスプレンディド・ホテル襲撃のような西アフリカ諸国の首都でのテロ、2016 年 3 月 14 日のグランバッサムの海岸（コートディヴォワール）襲撃などを遂行した。

AQIM のテロはアルジェリアにとどまるが、ベルモフタル指揮下の組織アル・ムラビトゥーンはサハラ以南へも活動を拡大した。アル・ムラビトゥーンはベルモフタルの権威のもと、それぞれの地域に根づいたさまざまなグループと連携している。2011 年からのリビアの不安定な状態を利用して、アル・ムラビトゥーンはリビアやチュニジアのアンサール・アル・シャリーアのようなグループとも手を結んだ。フランス軍の作戦が展開されている広大なサハラを比較的自由に動きまわることができるのは、この連携があるからである。

54・テロリスト・グループ、テロ組織

「イスラーム国」とその「属州」

「イスラーム国」は3度看板を変えた。2006年から2013年イラク・イスラーム国（ISI）、2013年4月から2014年6月までイラク・レヴァントのイスラーム国（ISIL）、2014年6月からはたんに「イスラーム国」（IS）または「カリフ国」とした。それに続く数カ月に、いくつもの武装グループが連携を表明し、小さな地域を掌握しているグループは、「カリフの属州」を名のり、その他は「カリフの戦闘士」を名のっている。

イラク・レヴァントのイスラーム国

ISはその根を、2003年から2011年のイラク内戦に宿している。実際、組織は2006年に、指導者のヨルダン人アブー・ムスアブ・アル・ザルカウィを失ったばかりの、メソポタミアのアルカイダを中核としたジハーディスト・グループの同盟から出発した。新しい組織は「イラク・イスラーム国」（IS）とよばれ、アブー・オマール・アル・バグダディ（バグダディはバグダードの人の意味）の名で知られるイラク人をリーダーに選んだが、彼も4年後の2010年に殺されることになる。それを継いだのがアブー・バクル・アル・バグダディの名で知られるもう1人のイラク人である。彼はすぐに2011年末のアメリカ軍の撤退と、同時に起こった隣

国シリアの内戦を利用して、組織を拡大した。

だが2つの組織が戦士の人気を争っていた。シリア人アル・ジュラーニ率いるヌスラ戦線とイラク人アル・バグダディの「イスラーム国」である。2013年4月、アル・バグダディは2つの組織を合体さ

「イスラーム国」とその「属州」

「イスラーム国」の「属州」

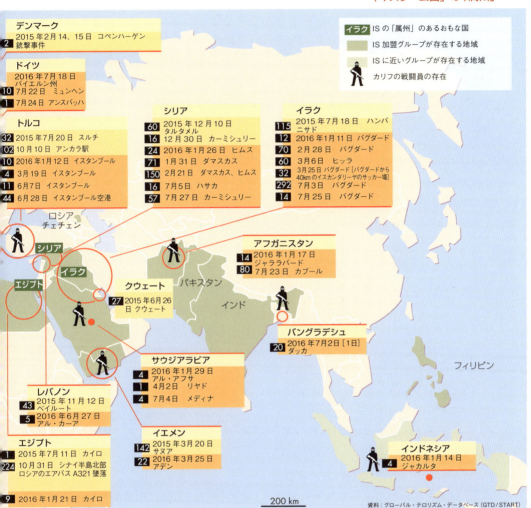

せてイラク・レヴァントのイスラーム国（アラビア語でダーイシュ）創設の宣言をすることを提案した。だがヌスラ戦線のリーダーはこれを拒否し、急遽アルカイダの指導者に忠誠を誓って、レヴァントのアルカイダ（2016年8月まで）という名のもとにアルカイダを名のることを許される。この宣言は身内の紛争をひき起こし、ジハーディストたちのあいだに何百人もの死者を出したあげくに、主導権はアル・バグダディにあることが確認された。シリアにおいてアルカイダ支部側からの離脱が多かったこともあって、外国人戦士の援軍に力を得たISは

大部分がスンナ派であるイラク中央と北部の地域を制圧するため軍を投入した。このことがISにいくつかの部族とサダム・フセインの軍隊のバアス党元士官たちの支持を集めるという恩恵をもたらした。彼らはシーア派であるイラク政府では重要な地位につくことができないでいたのだ。

2014年6月29日イラク第2の都市モースル占領の後、アル・バグダディはカリフ制の復活を宣言し、カリフ・イブラヒムを名のった。

リビアにおける「ISの属国」

カリフ制宣言から数カ月後、デルナ（またはダルナ、リビア）のイスラーム青年のシューラ評議会（マジリス・シューラ・シャバーブ・アル・イスラーム MCCI）が、イラクから特別にやってきたカリフ・イブラヒムの代表団に面会したのち、ISに忠誠を誓った。2014年10月3日、金曜日の祈りの際、この従属関係は大勢の市民たちの前で公にされ、そのビデオがインターネットで配信された。次に、MCCIはムスリム同胞団やアルカイダの支持者と同盟関係にあるほかのイスラーム主義グループとの衝突で犠牲者を出したのち、デルナを掌握し、シャリーアを制定し、イスラーム主義の裁判所や風紀取締警察を設置した。こうして、2011年リビア革命の民衆蜂起の揺籃だったデルナの街は、イラクとシリア以外での最初の「カリフ国の属州」となった。

だがISはそこで立ち止まらなかった。続く数カ月、義勇軍間の競争や対立を利用ながら西へ向かって拡大し、スルトの海岸に到達する。さらにシャリーアの支援者を名のるリビアのグループ（リビアのアンサール・アル・シャリーア）と連携することで、トリポリの西の、チュニジア人ジハーディストのための訓練キャンプがあるサブラータの町の支配を可能にした。そしてついに、チュニジアとアルジェリアの国境やマリ北部で活動していた複数の南部グループがISに忠誠を誓ったことでサヘル地域への進出の契機をつかむ。こうしたカリフの戦闘員たちの積極行動主義は、リビアのさまざまな関係者や部族軍に、とくに全国組織の政体との関係で、自分の位置づけを考えなおし、優先順序を考えなおすことを余儀なくさせた。また国際列強には「ISを根絶やし」にし、2011年にはじめた「ミッションを完成させる」ための、リビアへの新たな軍事介入をうながすことになった。

エジプトの「シナイ州」

2014年11月10日、エルサレムの支援者（アンサール・バイト・アルマクディス）を名のるジハーディスト・グループが、ISに忠誠を誓う9分間の声明をインターネット上に投稿した。「われわれはカリフ・イブラヒム・イブン・アッワード…［イブラヒム・アッワード…はバグダディの本名の一部］に忠誠を誓い、彼の

声をきき、従うことをここに告げる」。これはISにとってカリフ制を宣言して以来、もっとも重要な結びつきだった。というのも、このグループはエジプトで非常に活発で、エジプトの機動隊や軍隊に対するテロとともに、シナイ半島の国境付近のイスラエル領に対するロケット弾攻撃でも知られていたからだ。

　忠誠を受け入れられると、グループは名称を変えて、公式に「シナイ州」（ウィラヤート・シナイ）となった。「シナイ州」は、2015年7月のエジプト軍艦破壊工作や、同じ2015年の11月におけるロシア機破壊など、派手な活動を行なう。エジプト政府による情け容赦ない鎮圧にもかかわらず、グループは兵士を補充するのに苦労がないようだった。エジプト軍の行動に対して、シナイ半島の部族たちが不満をつのらせていることを利用したが、とくに2013年にムルシー大統領がクーデターで解任されてからの、ムスリム同胞団の一部の暴力行為による人心の動揺が、彼らの利益となった。

58・テロリスト・グループ、テロ組織

タリバン

「タリブ」はアフガニスタンやパキスタンの主要言語であるパシュトー語で、神学の学生を意味する。パキスタンとアフガニスタンの過激派イスラーム教徒であるタリバンの目的は、外国軍隊の撤退だった。1996年から2001年まで、政府を転覆させて、アフガニスタンのイスラーム首長国、タリバン政権を樹立するが、9・11以降、多国籍軍がアフガニスタン平定のため介入した。だが、2013年に指導者ムッラー・オマルを失ってからも、タリバンの勢力は弱まっていない。

成立と発展

風説によると、ムッラー・ムハンマド・オマルは1994年、ある軍の隊長に誘拐されて暴行された2人の少女を救ったといわれているが、それによって勇敢で清廉潔白な人物であるという偶像が作り上げられた。その数週間後、主として学生で形成され、パキスタンの公共機関の支援を受けていた彼の組織は、最初カンダハルを掌握、さらに2年後の1996年、首都カブールを陥落し、秩序と正義をとりもどすことを約束した。

そころがそうするかわりに、タリバンは少数派を迫害し、シャリーアの厳格な適用を政権の基盤とした。「徳を推進して、悪徳を弾圧する省」がアフガニスタン人の生活をあらゆる面から統制するようになった。演劇、映画、テレビ、コンピュータ、カメラ、ビデオが禁止された。偶像破壊の名で、バーミヤン渓谷の15世紀も前の仏像や、アフガニスタン国立博物館の人物や動物を表した彫像が破壊された。反面、タリバンは数多くの過激主義者をかくまって手厚くもてなしたが、そのなかにはアルカイダのリーダー、オサマ・ビンラディンもふくまれる。2年もしないうちに、アフガニスタンは世界中のジハーディストの聖域となった。

1998年夏、アメリカがアルカイダの訓練キャンプを爆撃する。ナイロビとダルエスサラームの米大使館襲撃に対する報復だった。1999年、タリバンの略奪行為およびアルカイダとの共謀に対して国連安全保障理事会は一連の制裁を実行し、タリバンに敵対するアフガニスタン人の軍司令官たち、とくにマスード司令官を支援したが、マスードは2001年9月9日、アルカイダのメンバーによって暗殺された。9・11の同時多発テロの後、タリバンはアメリカ主導の多国籍軍によって政権を追われる。以後、彼らは駐留外国軍、アフガニスタン政府双方に対

タリバンの定着

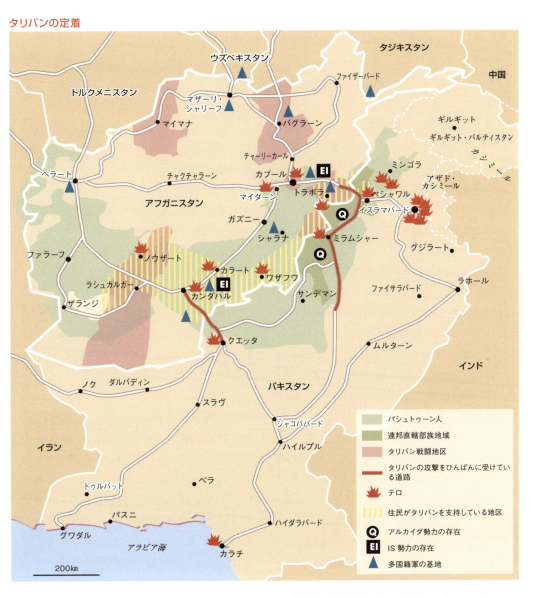

するテロ行為を重ねている。

アルカイダとのつながり

　2001年、タリバンはアルカイダの指導者たち数人をかくまって支援したこと で非難されたが、そのなかにビンラディンもいた。そこで当時のアメリカ大統領ジョージ・W・ブッシュは、この2つのグループは、たとえ別々の目的、イデオロギー、募兵方法をもっていても、結局

は一つである、と考えた。実際、2002年から、タリバンはパキスタン北西部の部族地帯において、アルカイダと同じテリトリーを共有しており、2007年には、タリバンのパキスタン支部（タリク・エ・タリバン、パキスタン・タリバン運動TTP）がアルカイダに忠誠を誓っている。

さらに、タリバンの最高指導者だったムッラー・オマルの死後、ビンラディンの後継者としてアルカイダの最高指導者となったエジプト人アイマン・アル・ザワヒリは、アルカイダの名でタリバンの新しい指導者（ムッラー・アフタール・マンスール、その後ムッラー・ハイバドゥラー・アーフンザーダ）に対し、いそいそと忠誠を誓った。これには30年前からの2つの運動をつないでいる歴史的な絆を確認することだけでなく、イスラーム信徒の指導者を自称しているもう1人の人物ISのアブー・バクル・アル・バグダディとの関係についての非難を沈黙させるという目的があった。ザワヒリはバグダディを認めず、批判を続けている。

「イスラーム国」とのつながり

「イスラーム国」とのつながりについては、同じタリバン勢力のなかでも、パキスタンのタリバンとアフガニスタンのタリバンを分けて考えなければならない。たしかに2つの勢力にはイデオロギー上の共通性があるが、それぞれが異なる事情のなかで展開し、異なる政治目的をもつ。そうした違いがISとの関連での位置どりと、このアル・バグダディの組織との潜在的なつながりに反映している。

タリバンの最高権威は、「シューラ・ラフバリ」（指導者評議会）であり、それが置かれているパキスタンの都市の名前から「クエッタのシューラ」の名でよりよく知られている。このシューラにはアフガニスタンの主要な地域（クエッタ、ペシャワル、ミランシャー、ゲルデ・ジャンガル）が代表されている。ところで、2013年11月初め、アメリカのドローン攻撃で殺害されたハキムラ・メスードの死の直後、私設FMラジオでの説教で「ムッラー・ラジオ」との異名のあるマウラナ・ファズルッラーがパキスタン・タリバン運動（TTP）のトップの座についた。

その1年後の2014年10月、運動のスポークスマン、シャヒドゥッラー・シャヒードがカリフ・イブラヒム［バグダディのこと］に忠誠を誓ったところ、その反応として、数週間後に解任される。タリバン運動の最高指導者ムッラー・ファズルッラーは、彼から意向を打診されていなかったようだし、彼の行動を承認してもいなかった。だが実際は、パキスタンのタリバン内部にはISに対する忠誠にかんしての態度はさまざまだったのだ。たとえば、ムッラー・ファズルッラーのスポークスマン解任の決断に抗議するため、重要な軍司令官が1人TTPを去っ

た。その上、カリフ国支持のパンフレットが、タリバン揺籃の地であるパキスタンの北西部の市場で流通したりなどして、内部での意見の相違の大きさが明らかになった。

　一方、アフガニスタンのタリバンのほうはISに忠誠を誓うことはなく、ただ少数の重要でない反抗的な司令官たちだけが、中央司令部の目を引こうとしてそれに言及するだけだった。司令部は、ISのカリフ制宣言のたった1カ月後に、彼らの象徴的な指導者ムッラー・オマルの死と新しく指導者が就任したことを発表することを選んだ。そうすることで、アフガニスタンのタリバンは、同盟しているグループや組織の全体に、カリフでは

なく、信徒の指導者としてのタリバンの新リーダーに忠誠を固めることをよびかけた。彼らにとって、カリフ制復活のときはまだ来ていない。

　そこが、ISとの大きな違いである。タリバンが段階を追って連盟の形でカリフ制を建設しようとしているのに対し、ISは地域併合することで、力によってイスラーム連邦国家を形成しようとしている。タリバンのパシュトゥーン人という民族的要素が重要な差異の原因でもあり、汎イスラーム的権力の概念を前面に押し出しているISと反対に、タリバンはアフガニスタンを中心としたイスラーム民族主義政策を追求している。

ボコ・ハラム

「ボコ・ハラム」は、ナイジェリア北部の方言であるハウサ語で、「西欧教育は罪だ」という意味である。「ボコ」は英語の「book」の発音が変形したもので、「ハラム」はイスラーム教での不法を表す法律用語だ。グループはこの名前でよく知られているが、正式名称は「布教と闘いのためのスンナ派グループ」である。

沿革

ボコ・ハラムは最初イギリスの植民地支配から受け継がれたナイジェリアの教育システムへの反発から生まれた。国の北部に住むムスリムたちに、コーランにのっとった学校のネットワークとイスラームの慈善団体で構成された代替教育システムを提案し、宗教教育を授業の中心にすえた。

グループ結成の基礎を作ったのはナイジェリアの宗教家ムハンマド・ユスフ（1970-2009）で、2002年、2001年9月11日の同時多発テロのすぐ後のことだった。元神学生のユスフがこの代替システムを創設すると、またたくまに大勢の生徒や学生が集った。授業料が無料だった

ボコ・ハラムが掌握する地域

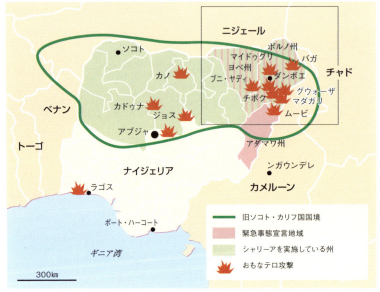

のとその分野には国家の影響力がおよば
ないせいだ。あっというまに支持者が何
百人にもなり、イマーム（導師）ユスフ
は政治的構想をもった公人としてテレビ
にも出演した。彼は生まれ故郷のボルノ
州にイスラーム教育を普及させたいと望
むと同時に、ナイジェリア北部のほかの
イスラーム州と同じようにシャリーアが
実践されるようよびかける。当時 36 の
州のうち半分、北部州のほとんどがシャ
リーアを導入していた。

　ボコ・ハラムは 2002 年から 2009 年ま
では、まだはじまったばかりの宗派だった。
創設者のムハンマド・ユスフは 2009 年
にナイジェリア内の武力衝突の際、死亡
したが、その軍事行動では数多くのパル
チザンも同様に命を落とした。これがグ
ループの歴史の転換点となって、以後は
テロリズムに向かい、武装グループとし
て再編成し、もはやイスラーム教の布教
活動はしなくなる。後継者についての内
部紛争の時期をすぎてから、補佐役だっ
た１人、アブバカル・シェカウが最高指
導者の地位につき、宗派をテロのメソッ
ドを大々的にとりいれた暴動グループに
変容させた。グループについての法的評
価は、ナイジェリアにおいてさえも、か
つてとは変わって、今日、ボコ・ハラム
はだれからもテロリストのグループだと
考えられている。グループは何度かの内
部分裂を経験したが、そのなかでもっと
も重要なのはアンサールという分派で、
ボコ・ハラムが地域での誘拐を組織的に

行なっているのに対して、こちらは外国
人の誘拐で有名になった。

国際化の意欲

　2014 年 5 月、ボコ・ハラムは、アル
カイダに協力しているとして国連の制裁
対象のリストにのった。イスラーム・マ
グレブ諸国のアルカイダ（AQIM）と訓
練や物質の製造援助、とくに即製爆発装
置（IED）製造の目的で協力関係にある。
2012 年 11 月ボコ・ハラムの最高指導者、
アブバカル・シェカウは AQIM の最高
指導者であるアルジェリア人アブデルマ
レク・ドルークデルに忠誠を誓った。そ
の後 2012 年と 2013 年、ボコ・ハラムの
メンバーはマリ北部で AQIM グループ
の戦隊にくわわり、それからふたたびナ
イジェリアに戻った。ところが 2014 年
7 月、シェカウはイスラーム国のアブー・
バクル・アル・バグダディに対しイラク
とシリアにカリフ制を樹立したことを祝
福し、その後の 2015 年 3 月忠誠を誓っ
た。さらにみずからのグループ名をイス
ラーム国西アフリカ州（ISWA）とあら
ため、アルカイダに背を向けた。以後、
ボコ・ハラムは IS と同じ領土拡張戦略
をとり、同様のテロ戦術を採用した。大
量虐殺、自爆テロ、地域の制圧、シャリー
アの野蛮な適用、性的奴隷制等々である。
ボコ・ハラムはすでに 2014 年 4 月のナ
イジェリアのチボクにおける 276 人の女
子学生誘拐以来、国際的に耳目を集める
ようになっていた。こうしたテロ行為の

ナイジェリアにおける非常事態宣言地区とシャリーアの適用

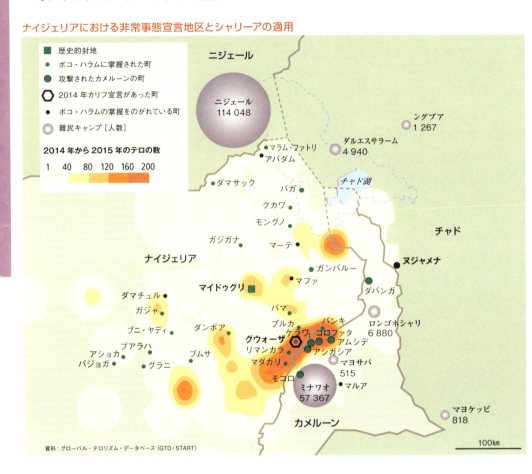

類似は、どちらもカリフ制に執着するという2つの組織の類似性で説明できる。しかし、ボコ・ハラムがモデルとしているのは、1804年から1903年にナイジェリア北部に存在したソコト・カリフ国である。

地域におけるモデル

18世紀末ごろ、西アフリカはジハードの名による武装対立がさかんで（1795–1810年）、改革派イスラーム教徒に率いられた宗教色の強い軍事行動の目的は、7世紀の「正しく導かれた」最初のカリフたちがしたような「イスラーム政府」を制定することだった。改革派の宗教家たちは、ソコト・カリフ国の創設者ウトマン・ダン・ファディオにならって、学識豊かでカリスマ性のある説教をしたので非常に尊敬された。預言者ムハンマドの生涯を模範とし、神から使命をあたえられていると自認していた彼らは、アラビアの例にならってアフリカの地にカ

リフ制を実現させるためのジハードの正当性と必要性を詳細に語った。

1804年にはじまったソコト・カリフ国は、一連の首長国で構成され、その指導者たちがカリフに忠誠を誓っていた。この個人の忠誠で成り立っているシステムは、政治的に比較的安定していたが、外からの脅威や内部の競合関係に対しても、1843～1844年にカチナ首長国の西部で起こったような民衆蜂起に対しても絶対確実な防御となるものではなかった。

ソコト・カリフ国で実施された政治・社会システムは昔のものとはだいぶ異なっていた。こうした根本的な変化のなかで、カリフ制は国内の衝突や外部からの圧力に耐えきれなくなる。とどめの一撃は、1903年のイギリスによるナイジェリアへの入植だった。しかしそれにもかかわらず、このカリフ制は、サハラ以南の武装グループからは、ブラックアフリカ・イスラームの黄金時代だったと考えられている。こうした認識は、植民地政策による国境は人為的であるという反発をともなう。実際、複数の国に分けられてしまった大民族もいくつかあって、ボコ・ハラムのような武装グループは、自国の外に進出し、近隣の国々においてテロ行為を遂行するために、この国境を超えた結びつきを利用している。

連携と対抗

　教義の点から見るとIS、アルカイダ、タリバン、ボコ・ハラムはともにスンナ派のイスラーム主義を母体にしていて、宗教の名のもとに活動している。だが事象の点から見ると、彼らは同じではなく、対立する場面もしばしばだ。それぞれが独自の展開をし、自分たちの地域の事情による固有の目的をもっているため、ときには互いに破門しあい、さらには武装対立にいたることがある。

グループ同士の対抗

　沿革を見ると、ISは、アルカイダの継承者と考えることができる。というのも、2006年に、メソポタミア（イラク）のアルカイダ（AQI）の戦闘員たちとイラクの別のイスラーム主義や民族主義の武装グループの離反者たちとの連携から生まれたからである。当時イラク・イスラーム国（ISI）の「戦争大臣」だったのはほかでもない、AQIの元最高指導者でザルカウィの後継者、アブ・ハムザ・アル・ムハージル（別名アブ・アイユーブ・アル・マスリ）という名の人物だった。ムハージルは、2010年の駐留米軍およびイラク軍による合同作戦で、ISIの最高指導者に就任していたアブ・オマル・アル・バグダディと同じときに死亡している。それでもやはり2つの組織はイデオロギー的にも戦術的にも一致をみていない。

凡例：
- 作戦行動地域
- 対抗
- 連携
- ジハーディスト・グループ同士の衝突

資料：グローバル・テロリズム・データベース（GTD/START）

　アルカイダは「遠い敵」とも形容される「ユダヤ・キリスト同盟」を狙った「国境を超えたジハード」をよびかけるのに対して、ISは「近い敵」、つまり異端とみなされるほかのムスリムを優先的に狙う「祖国でのジハード」を奨励し、短期の目的として「イスラーム国」の建設、長期の目的として、現世における精神的

連携と対抗・67

テロリスト・グループ間の関係

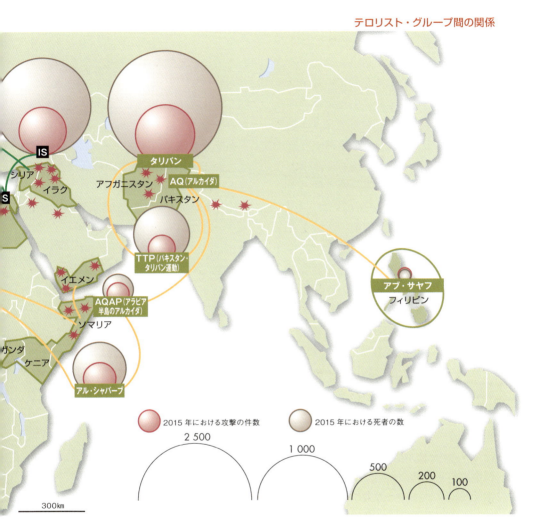

権威であるカリフのもとのムスリム統一を掲げる。2014年以来、このISとアルカイダのあいだの対抗は、どの大陸のどの地域でも観察されている。中東では、ISの最高指導者アブー・バクル・アル・バグダディに忠誠を誓ったグループとアルカイダの最高指導者アル・ザワヒリに忠誠を誓ったグループとのあいだの対立が恒常化していて、ときには武装対立の形をとることになる。たとえばシリアにおいては、ISに対抗して連携するまで、イスラーム主義のさまざまな分派が戦闘を続けた。アラビア半島、とくにイエメンでは、ISとアルカイダの戦闘員たちが、互いにより破壊的なテロ行為を行なおうと競いあっている。北アフリカとサ

ヘル地域では、ISとアルカイダの地方支部が競って似たようなテロ行為を行なって国際的関心を集め、シリアやイラクでの経験に気をそそられているアフリカ人戦闘員たちを土地に引き止めようとしている。他方、アジアやアフガニスタンでは、戦士たちは一つの組織からほかの組織へ、リーダーや忠誠の変遷に応じて渡りあるく。西欧でも、ある種のテロリストたちは、ときどき所属を変えたり、状況によって日和見主義的にふるまったりしている。だがいずれにせよ、武装グループ間の抗争は市民の上に重大な形で転嫁され、もっとも高い犠牲をはらわされることになるのは彼らなのだ。

連通管のように

互いの相違にもかかわらず、テロリスト組織は互いにつながった連通管のように作用している。一つがあふれると、次の管にそそぎこみ、同じようにして次へ行く。そのため戦士の一つの集団から別の集団への移動は比較的ひんぱんで、改宗と改悛（タウバ）の表明という形で行なわれる。さまざまなグループや組織間の競りあいは、もっとも過激なグループの利益になるし、力のないグループはそのとき最強の組織の周囲に集まることになる。

その上、異なる派が、（パレスチナ問題にかんして）反シオニズムで、あるいは（帝国主義に反対する意味での）反米主義で、一時的に見解が一致すること

も起こりうる。したがって、ハマスのようなスンナ派の過激派グループとシーア派のイラン人聖職者の連携や、あるいはさらに、ヒズボラのようなシーア派の組織とアルカイダのようなスンナ派の組織との西欧に対抗するための実質的な連携もありうるのだ。

だがこの点、「事実上の連携」と間接的な支援に似ているが、実際はそうではない「客観的な連携」を分けて考えなければいけない。たとえばシリアでは、国内の状況は非常に紛糾している、というのもISがすべての戦線であらゆる過激集団を相手に戦っているからだ。ISの敵はまずシリアの政治体制に反対している武装勢力だが、彼らはISと同じくスンナ派で、しかしISが異端と考えるグループと連携している。ISは旧ヌスラ戦線の周囲に形成された同盟とも戦っているが、この同盟に敵対するほかのイスラーム主義グループからときどき支援を受けることもある。ISはまた、シリア国土のいくつかの地域において、イラン政権のシーア派の軍隊、とくに国内に大規模に展開しているイスラーム革命防衛隊（パスダラン）を相手に闘っている。ときには、シーア派に対抗する別のスンナ派グループの支援の恩恵も受けている。さらにISは、シリアとレバノン国境において、シリア政権（アラウィー派）の側についているレバノンのヒズボラ（シーア派）に立ち向かい、一定の場合にはヒズボラに敵対する部族やスンナ

派のグループとひそかに結託している。

　このような入り組んだつながりが、戦闘員が一つのグループから別のグループへ移るのを容易にしている。多く場合、まず、当初欧米の支援を受けていた反政府武装勢力自由シリア軍などで「非宗教」の訓練を受ける。それからカタールの支援を得ているムスリム同胞団の感化を受けたグループにとりこまれ、その後サウジアラビアの資金を得ているサラフィー主義を信奉するグループにくわわる。そしてあるものは確信によって決然と、またあるものは日和見主義によって、ISの側で戦うことを選ぶ。このようにしてグループ同士の対抗がもっとも過激なグループの利益となる。

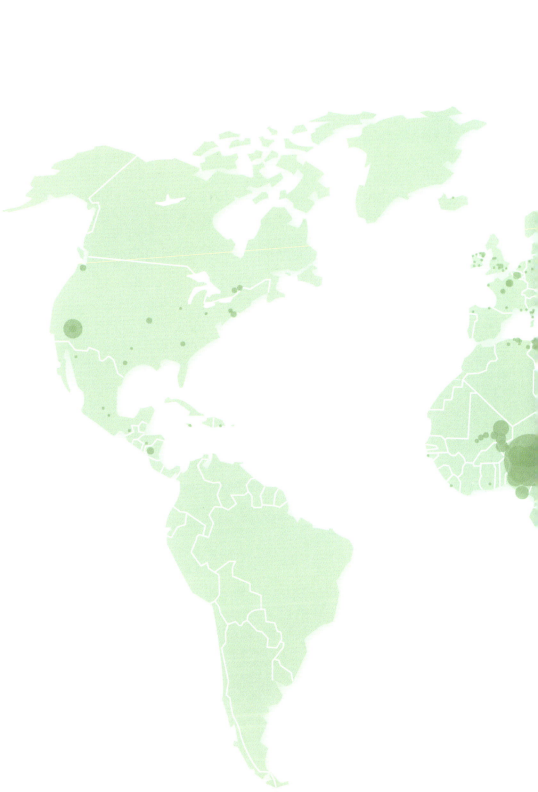

地域と領土

　国際メディアは欧米（ヨーロッパと北アメリカ）の国々を狙ったテロを優先的に報道するが、今日イスラーム主義テロリズムの攻撃をのがれている国はほとんどない。もっとも重大な被害を受けているのはアラブとムスリムの国々ではあるが、世界中のすべての大陸のすべての地域に影響がおよんでいる。経済のつながりと情報のグローバリゼーションが、脅威を国際的な規模で拡散させているのだ。とはいえ、支配と領土が問題になるのは局地的で地域的な衝突においてである。実際、アルカイダによる「グローバル・テロリズム」の流行の後、イスラーム国組織は「地域のジハード」を奨励して、自分たちが制圧した土地にカリフ制を樹立することをめざしている。さらに、この組織にとっては、インターネットとソーシャルメディアが、現実界における戦闘での勝利を可能にするために征服すべき、新たな潜在的領土と見えているようだ。

72・地域と領土

アフリカのおもな テロリスト・グループ

　アフリカは過激派組織の好みの地である。歴史的社会的理由から、この大陸はあらゆる種類の蜂起と武装グループの増殖に絶好の土壌を提供してきた。たしかに経済の弱さが大いに影響しているが、それだけでなく統治や汚職の問題も同じようにこうした事態を助けている。このような背景のなかでAQIMやボコ・ハラムだけでなく、知名度は低いが有害さではおとらないその他のグループもさかんに活動している。

アフリカのおもなテロリスト・グループ

テロ事件
- IS
- アンサール・アル・シャリーア
- AQIM
- アル・ムラビトゥーン
- ボコ・ハラム
- アル・シャバーブ

チュニス
バルド国立博物館
2015年3月
チュニジア

ダルナ

イナメナス
天然ガス関連施設
2013年1月

スルト

リビア
スルトとダルナの一部掌握
2015年

シナイ
2014年以降数百人の死者

アルジェリア

北部
占領
2012年3月-12月

マリ

ワガドゥグ
スプレンディド・ホテル
2016年1月

北部
ここ10年で大量の死者

バマコ
ラディソン・ブルー・ホテル
2015年11月

ブルキナファソ

ナイジェリア

ガリッサ
大学襲撃
2015年4月

ソマリア

ケニア

ナイロビ
ショッピングセンター・ウェストゲート襲撃
2013年9月

モガディシオ
マッカ・ホテル襲撃
2015年3月

ムベケトニ町襲撃
2014年6月

200km

アル・ムラビトゥーン

アル・ムラビトゥーン（要塞にたてこもってジハードを行なう者たちの意味）は、サヘル地域［ゼネガルからスーダンまでサハラ南縁に広がる帯状の地域］におけるAQIMの歴史に残る司令官の一人、モフタル・ベルモフタルによって2013年8月に設立されたイスラーム主義武装グループである。彼の同胞で地域における直接の競争相手でもあったアブデルハミド・アブ・ゼイド（2013年死亡）を当時優遇していた司令部との戦略の相違のため、AQIMを離脱したばかりだった。反発するかたちでベルモフタルは、より小さな2つの集団、血判部隊（SPS）と西アフリカ統一聖戦運動（MUJAO）を融合させて新しいグループを設立した。

血判部隊というのは、ベルモフタル自身が作ったAQIM傘下の覆面旅団という旅団の1部隊だったが、すでに反主流派で、外国人観光客などの誘拐とサハラ以南でのあらゆる種類の密輸を得意としていた。彼らのおもな武勲は2013年1月16日のアルジェリアのサハラ砂漠にあるイナメナスの天然ガス関連施設での流血テロ（アルジェリア人質事件）だ。死者は60人におよび、うち37人が外国人だった。

MUJAOの結成はSPSよりやや早く、やはりAQIMの反主流派だが、2011年10月23日、アルジェリア南部のティンドゥフ県の西サハラ難民キャンプで人道支援団体のスペイン人メンバーを3人誘拐、続いてグループの設立を宣言した。それまでその司令官たちはサヘル地域とマグレブ諸国［モロッコ、アルジェリア、チュニジア］での麻薬密輸に加担していることが知られていた。

新たに結成された集団の指揮官ベルモフタル自身も、その地域でタバコの密輸にかかわっていたためミスター・マルボロの名で知られている。ベルモフタルは、1980年代、最初アフガニスタンでロシアと戦い、ついでタリバンの側で戦ったことのある元AQIMの兵士のなかの数少ない生き残りである。もっとも片目を失っていて、そのため隻眼（ベラウエまたはラウエル）という別の異名もある。1993年にアルジェリアに帰ると、まずGIA（武装イスラーム集団）に参加し、それから1998年にはGSPC（布教と戦闘のためのサラフィスト集団）を統率する。2000年代からはサハラ砂漠に住んで、トゥアレグの複数の部族の女性たちと結婚することでその地に強固な絆を結び、サラフィー主義とジハード主義のイデオロギー普及に努めた。そして外国人やサヘル地域の国々の軍隊に対する数多くの武力行動に関与している。2011年以降、彼はアラブの春に乗じて東リビア（キレナイカ）のイスラーム主義グループにくわわり、とくにアンサール・アル・シャリーアと確かな信頼関係を築いた。こうすることで、あまり苦労なく武装することができたし、2013年1月からのフランス軍による、マリ北部からサヘル

74・地域と領土

地域全体にわたったセルヴァル作戦、ベルハーン作戦の際も安全でいることができた。2015年リビアにおけるイスラーム国の隆盛を前に、彼はサハラに戻って、アル・ムラビトゥーンとともにふたたびAQIMの戦隊にくわわり、その名のもとに、アフリカの数カ国においてテロを行なった。2015年11月20日バマコ（マリ）のラディソン・ホテル襲撃、2016年1月15日ワガドゥグ（ブルキナファソ）のスプレンディド・ホテル襲撃、2016年3月14日グランバッサム（コートディヴォワール）海岸襲撃などである。

チュニジアのアンサール・アル・シャリーア

アンサール・アル・シャリーア（シャリーアの支援者の意味）は2011年4月にチュニジアにおいてセイファッラー・ベン・ハスィーン、またの名をアブ・イイアドによって設立されたが、ハスィーンは2015年6月リビアでアメリカのドローン空爆によって死亡している。グループは「ジャスミン革命」の際の、大学や報道機関に対する攻撃と文化的施設破壊によって有名になった。2012年にはケルアンで全国会議を開き、チュニジアでのシャリーア制定に賛同する多くの支持者を集め、同じ年の9月、リビアの同輩（ベンガジのアンサール・アル・シャリーア）が2012年9月11日にベンガジでアメリカ領事館を襲ったのを受けて、同グループもチュニスのアメリカ大使館

襲撃に加担した。

2013年、アンサール・アル・シャリーアは政敵であるチュニジアの野党左派政治家（ベライドとブラフミ）を暗殺し、警察や軍の詰所の襲撃にかかわった。当時の与党はイスラーム主義のアンナハダだったにもかかわらず、グループはついに活動を禁止され、テロリスト集団として公式に指定された。しかしその間、組織を象徴する指導者アブ・イイアドをふくむグループのメンバーは、リビアで同じアル・シャリーアを名のるリビアのグループに合流したり、シリアでその時躍進をとげつつあった「イスラーム国」の戦列にくわわったりした。チュニジアにとどまって、AQIMの分派で、シャンビ山中で活動しているウクバ・ビン・ナフィ旅団にくわわった者もいる。彼らはそこを拠点としてチュニジアの治安部隊や政府軍に対する激しい攻撃を行なったが、地域の住民に対しての攻撃も行なったため、孤立することになった。

2015年からは、シリアから戻ったアンサール・アル・シャリーアの元メンバーの一部が、チュニジアで数々のテロを行ない、多数の死者を出した。なかでももっともメディアにとりあげられたのは、2015年3月18日のバルド国立博物館襲撃、2015年6月26日のスース海岸襲撃、2015年11月24日のチュニスでの大統領警備隊に対する自爆テロである。それと並行して、リビアにいたメンバーは、国境の町ベンゲルダンでの大型

テロを準備していた。それは 2016 年 3 月 7 日に実行され、リビアのアンサール・アル・シャリーアが紛争の発端に行なったように、町を掌握してイスラーム首長国を置こうとしたが、未遂に終わった。失敗にもかかわらず、グループはチュニジア各地で勢力を失わず、とくに南部と東部に多くの信奉者を保持している。彼らはチュニジアの諸問題解決はシャリーアの直接的で厳格な実施にあると信じている。

アル・シャバーブ

「シャバーブ」の意味は「青年たち」だが、グループの完全な名前は、シャバーブ・アル・ムジャーヒディーン「闘う青年たち」である。2007 年初頭、エチオピア軍によってモガディシオから追放されたイスラーム法廷連合（UIC）に由来する。戦闘員は 5000 人ほどで、なかには生前のビンラディンに忠誠を誓った者もいる。彼を継いでアルカイダの最高指導者となったアル・ザワヒリが 2012 年、アフリカの角におけるアルカイダを名のることを承認した。

以後、彼らは誘拐や自爆テロで実力を見せつける。2013 年 9 月、全世界はケニアのナイロビのショッピングセンター、ウェストゲートでの人質・殺人事件を生放送で見守ることになる。この事件では市民約 100 人が犠牲となった。2015 年 4 月、アル・シャバーブはケニアのガリッサ大学を襲撃し、学生 150 人が死亡した。彼らはあいかわらずソマリアでのイスラーム国建国とシャリーアの実施を主張しているが、ソマリアは 4 半世紀前から無政府状態におちいったままだ。

北部に位置するソマリランドが事実上の自治を獲得したとはいえ、ソマリアの残りの地域は、いまだに軍事と人道のどちらに転ぶかわからない外国の干渉下にある。たいへんな努力のすえ、国際共同体はソマリア沖の海賊を鎮圧することには成功したが、飢餓はいまだ解決にいたっていない。

76・地域と領土

アジアのおもな テロリスト・グループ

アジアにおけるイスラーム・テロは新しくはじまったことではないが、「イスラーム国」の台頭によって、新たな意味をおびるようになった。いくつもの国々が外国人戦闘員の現象にみまわれ、とくにムスリムが大多数を占める３つの国で問題となっている。マレーシア、フィリピン、そして人口２億５千万の世界一のムスリム国家インドネシアだ。

アブ・サヤフ

アブ・サヤフ（荒武者の父の意味）・グループは1991年、フィリピン政府との和平交渉を続けるモロ民族解放戦線（MNLF）に反発し、離脱したアブバカル・ジャンジャラニによって創設された。設立者ジャンジャラニはアフガニスタンでソ連と戦った経歴があり、アルカイダに忠誠を誓っていた。1998年に死亡し、後をその弟カダフィ・ジャンジャラニが継いだが、カダフィも2006年に死亡したため、ヤセル・イガサンが代わって最高指導者となった。

アブ・サヤフは設立当初からテロ、人質、斬首を得意としていた。犠牲者は主としてフィリピンのキリスト教徒、欧米の観光客、外国人ジャーナリスト、とくにアメリカ人、カナダ人、フランス人、ドイツ人である。だが、政府との和平交渉を支持するムスリムに対する攻撃も行

なっていて、たとえば2014年7月にはホロ島でラマダン明けを祝っていた21人のムスリムの命を奪った。

フィリピンでは1970年末から、南部において、強力なムスリム独立運動が起こり、15万人の死者を出している。この運動を弱体化させるため、政府はMNLFと、その他の独立派グループ、とくにMNLFから1978年に分裂してできたモロ・イスラーム解放戦線（MILF）との対抗関係と不和を利用したが、アブ・サヤフ・グループは和平交渉に徹底的に反対し、大部分がムスリムであるフィリピン南部の島々全体に、無条件の独立を要求した。

また、フィリピン政府はアブ・サヤフをくいとめるために、アメリカの支援を受けた。アメリカは、2002年から2014年にかけて特命部隊と軍事顧問を急遽派遣したため、グループはかなりの損害を

こうむった。だが、米軍が立ちさった後ふたたび戦力をとりもどし、さらに悪いことには、2014年7月、グループのナンバーツー、イスニロン・トトニ・ハピロンがアルカイダとの連携をすてて、「イスラーム国」に忠誠を誓い、フィリピンにカリフ制の州建設を約束している。

ジェマー・イスラミア

　ジェマー・イスラミア（イスラームのグループの意味）はマレーシアで1993年1月1日、タイ南部、マレーシア、シンガポール、インドネシア、ブルネイ、フィリピン南部を包含する汎イスラーム国家建設をよびかけるアブドゥラ・スンカル（死亡）とアブ・バカル・バシール（服役中）によって設立された。だが実際には、彼らの活動範囲はグループがプロパガンダのなかで「マンティキ2（地域指導部第2地区）」とよんでいる地域であるインドネシアだけにかぎられ、なかでも、とくに中部スラウェシ州のポソなどで、殺人や爆弾テロを遂行していた。

　グループが国際的に知られるようになったのは、2002年、バリで202人の死者を出した2カ所のナイトクラブ襲撃からだ。以後、アルカイダの東南アジア作戦の司令官であり、アメリカでのいくつものテロ計画に加担したグループの軍事司令官ハンバリは、当局が行方を追う最大のターゲットとなった。実際、アルカイダとジェマー・イスラミアのあいだには明らかなつながりが認められる。グ

ループの指導者たちがビンラディン、そしてその後継者のアル・ザワヒリと協力関係を結んでいるだけでなく、少なからぬメンバーが1980年代終わりから1990年代初めにかけて、パキスタンやアフガニスタンのアルカイダ陣営で訓練を受けるか、戦闘に参加している。2015年末、マレーシア当局が地域のジハードの古参兵の一人であり、ISの支持者となった元アルカイダのメンバー、マフムード・アフマドを逮捕したとき、カリフ国の州を建設するための、東南アジアの複数のイスラーム主義組織間の歩み寄りはかなり進んでいた。インドネシアのジェマー・イスラミアやフィリピンのアブ・サヤフのような、その地域で活動しているグループの統合をめざす計画があったのだ。

ラシュカレ・タイバ

　ラシュカレ・タイバ（敬虔な者たちの軍隊の意味）は1981年にその前身となるマルカズ・ダワ・ウル・イルシャド（MDI）が、アラブとアフガンのムジャーヒディーンの側で、アフガニスタンに介入していたソ連軍と戦うため、パキスタン人ハフィズ・ムハンマド・サイードによって設立された。ソヴィエト連邦崩壊後はインドに矛先を変え、大多数がムスリムであるジャンムー・カシミール州のパキスタンへの併合を要求する。1993年からインド軍やインド市民に対し、2006年7月11日のムンバイでの列車爆

破事件（死者180人）、2008年11月26日から29日にかけての同じくムンバイでのテロ（死者166人）のような、多くの大規模テロ攻撃を行なった。

　パキスタン諜報機関を利用していたこともあったラシュカレ・タイバだが、2002年パキスタンにおいて公式に非合法化され、2005年には国連の制裁対象テロ組織に指定された。2012年4月、設立者ハフィズ・ムハンマド・サイードは、アメリカが行方を追うテロリストのリストにおいて、アルカイダの最高指導者であるエジプト人アイマン・アル・ザワヒリの次に置かれた。

　しかしながら、グループはカシミールにおいて活動を続け、インドとパキスタンの激化した対抗関係から漁夫の利を得ている。宗教間の紛争を促進しているとはいえ、彼らの「地域ジハード」は当初のイスラーム民族主義のイデオロギーの痕跡をとどめている。

アジアのおもなテロリスト・グループ

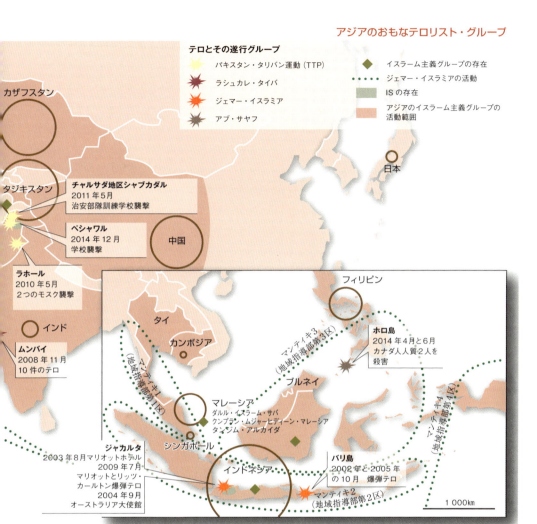

カフカスのおもなグループ

　カフカスはアゼルバイジャン、イングーシ、チェチェン、ダゲスタンをふくむ地域である。11世紀にセルジュクトルコによってイスラーム化され、近代までオスマン帝国とペルシアの支配下にあった。19世紀になって、ロシアがこの地域を全面的に制覇し、20世紀にはソヴィエト連邦に所属した。1990年以後ムスリムの人々の目覚めがあり、さらにチェチェン紛争が宗教的観点をもちこむようになって、ロシア政府に対するイスラームの蜂起が起こった。

カフカス首長国

　カフカス首長国は、ドク・ウマロフが2007年10月31日に、それまで自身が大統領だった未承認の「チェチェン・イチケリア共和国」を崩壊させることによって創設した。チェチェンは首長国の一地方としてイングーシやダゲスタンとともに「州」とすべきだという。しかし

カフカスの宗教とテロ

ウズベキスタンとトルキスタンのイスラーム運動

　イチケリア政府の元首相だったアフメド・ザカエフは、亡命先のロンドンで、この声明を非合法とし、臨時政府を率いた。以後、ザカエフを支持する「共和国派」とウマロフの信奉者「イスラーム派」の対立がはじまり、2014年3月ロシア連邦保安庁（FSB）によってウマロフが亡き者とされるまで続いた。ところが2014年6月、イスラーム国がカリフ国を宣言すると、ウマロフの承継者、アル・ダゲスタニの戦時名で知られていたアリアシャブ・ケベコフはすぐさまイスラーム国に対し忠誠を誓う。それから1年もしない2015年4月、彼もFSBに殺害され、あとを継いだマゴメド・スレイマノフも2015年8月に殺害された。

　だがその間に2000人ものカフカスのロシア人が、ISILに合流している。彼らはカフカスのムスリムに対する戦争や中東への介入をしたロシアに恨みを晴らそうと、突撃戦闘員にくわわったのだ。その背景には、長い戦いと多く虐殺の果てに、ふたたびロシアに併合されたチェチェンの紛争がある。このグループがかかわったテロには、北オセチア共和国ベスランでの学校占拠人質事件（2004年9月1-3日）、モスクワ地下鉄内のテロ（2010年3月29日）［創始者のウマロフはこの事件に関与の容疑で指名手配されていた］、モスクワのドモジェドヴォ空港事件（2011年1月24日）などがあり、多くの死傷者を出した。

82・地域と領土

国外と同時に国内でもロシア軍の圧力下にあったカフカス首長国は、それ以降、もはや機能しなくなり、ダゲスタンでも存続があやうくなった。在外代表部（ワキーラート）とムジャーヒディーンの支部（ジャマート）をそなえた形式上の構造にもかかわらず、グループは指導者たちの大半を失い、戦闘員たちはイラクやシリアのISに合流した。

ウズベキスタン・イスラーム運動

ウズベキスタン・イスラーム運動（IMU）は1997年、ジュマ・ナマンガニとタヒル・ユルダシェフによって設立された。だが2人とも、同じグループのメンバーとともにアルカイダとタリバンの側に立って2001年から展開していた多国籍軍と戦っていたとき、それぞれアフガニスタンで2001年に、パキスタンのアフガニスタン国境付近で2009年に、戦死した。2012年8月からIMUはウスマン・ガージィが最高指導者となるが、彼は以前アルカイダの幹部でもあった。

IMUはウズベキスタンの政府を転覆させ、トルキスタン［中央アジアの大部分を占める地域］全体の上にカリフ制を樹立することをめざしているが、それは彼らの考えでは、カスピ海東岸から中国西部の新疆ウイグル自治区までをふくむ、中央アジアの全ムスリム人口を統一するものになるはずだ。そのため、ウズベク人の利益に反するような局地テロにくわえて、その地域全体、とくにパキ

スタン、キルギスタン、タジキスタンでも活動している。グループはまた、2013年1月、IMUの資金調達網の首領がパリで有罪判決を受けていることでもわかるように国外にも中継地をもっている。

2014年10月、グループは、アルカイダと関係を絶つということでもなく、ISのカリフ制支持を決めたため、戦闘員がシリアとイラクの戦線にくわわるのを可能にした。その結果、ウズベキスタンは同国の約20人がシリアで命を落としたと発表することになる。2015年7月IMUはISに対し正式に忠誠を誓い、中世のブハラ州再建を目標に掲げたが、それは現在の国境を超えて中央アジアのムスリムを統合するというものだった。しかしこの決断には、多国籍軍によってISがシリアとイラクへしりぞくにしたがって、グループの指導部から疑義が呈されている。

東トルキスタン・イスラーム運動

東トルキスタン・イスラーム運動（ETIM）は2000年、中国カシュガル地方出身のウイグル族ハッサン・マフスームによって設立されたが、マフスームは2003年パキスタンで死亡した。2人の後継者トルキスタン人アブドゥル・ハク・アル・トルキスターニとアブドゥル・シャコール・アル・トルキスターニもパキスタンで、ドローン爆撃によって死亡する。ETIMは東トルキスタン（新疆ウイグル自治区）に独立国を建設するために武装

したので、中国のこの地方でしか活動していないはずである。しかし中国政府は毎年10件ほどのテロをこのグループの責任に帰していて、そのなかには2014年昆明事件などがある。

　アルカイダとの連携が推測されてはいるが、ETIMは中国にとってそれほどの脅威ではない。同グループのテロは中国政府によるウイグルの少数派ムスリムに対する高圧的な政策の結果であると考えられる。ウイグル族はトルコ語を話し、イスラーム教徒（スンナ派）で新疆ウイグル自治区（旧東トルキスタン）に住んでいる。751年、唐がイスラーム軍に敗れてから1759の年満州族による征服まで、じつに1000年以上ものあいだ、この地方は中国の支配下にはなかった。この年が東トルキスタンのウイグル王国の最後であり、血なまぐさい抵抗のはじまりだった。1863年には満州族を追いはらって、しばらくのあいだだが新独立国を建てた。1876年満州軍にふたたび征服された東トルキスタンは、中国語で「新

しい国境」を意味する「新疆」という新しい名前をあたえられる。清帝国が終焉したのち、1933年ウイグル族はふたたび立ち上がり、最初の東トルキスタン・イスラーム共和国を宣言するが、それは1934年2月6日崩壊する。第2次東トルキスタン共和国はもう少し長続きするが（1944年から1949年まで）、共産党が蒋介石の国民政府に勝利したとき、くつがえされてしまう。以後、ウイグルの独立要求は強まるばかりで、ついには武装抵抗運動が生まれ、テロリズムという手段をとるようになった。これがETIMである。だが国内にはほかにも、東トルキスタンの家青年党のような非合法の組織が活動している。新疆では1987年から2010年のあいだ、とくに中国軍や役所を狙った300件を超える爆弾テロ事件が発生した。

　これらのグループは正確に狙いを定めたテロを行なうので、了解とまではいえなくてもある程度の民衆の支持を得ている。

84・地域と領土

中東のその他のグループ

イスラーム主義によるテロリズムは、それがスンナ派であろうとシーア派であろうと中東のほとんどの政体に良心の問題をつきつける、なぜならグループによってはみずからの組織をレジスタンスの組織であると定義づけ、暴力に訴えることを、西欧の、外国の、イスラエルの「占領」に対する抵抗であるとして正当化しているからだ。彼らの起源はさまざまであるが、どれも自由化運動を表明し、テロリストと形容されることを拒絶している。

レバノンのヒズボラ

ヒズボラ（「神の党」の意味）はシーア派を信奉するイスラーム主義武装グループで、1982 年イスラエルのレバノン侵攻に対する反発から、イラン・イスラーム主義共和国の積極的な援助を得て設立された。レバノン内戦（1975–1990年）たけなわの頃、ヒズボラは南レバノン占領に対して「抵抗戦争」を実施し、ほかの場所でも欧米の存在を攻撃する。欧米に対する最初の攻撃は 1983 年にさかのぼるが、その年 4 月ヒズボラは、ベイルートのアメリカ大使館に対する自爆テロ（1983 年死者 63 人）、同じくベイルートで 10 月、多国籍調停軍の米派遣部隊に対する自爆テロ（死者 241 人）とフランス人パラシュート兵に対するテロ（ドラカール宿営地事件、死者 58 人）を行なっている。のちにヒズボラは、こうしたあらゆる形でのテロの実行（自爆、誘拐、人質、ハイジャック）を、レバノン

内外におけるイスラーム主義過激派の特権的方法であると是認している。そうして、たとえば 1985 年 2 月から 1986 年 9 月のあいだに、フランスでも一連のテロ攻撃を遂行する。とりわけレンヌ通りでのテロ（1986 年 9 月 17 日）は、合計 15人の死者と 300 人を超える負傷者を出した。しかし 1988 年 4 月からは、ベイルート南部の支配をめぐって、ヒズボラがほかのシーア派の武装集団アマルに対立する身内の争いが起こった。2 週間続いた戦闘で死者は 600 人にのぼったが、結局ヒズボラが優位に立ち、この身内の闘争は 1989 年 1 月に締結された休戦協定、続いて 1990 年 10 月の和平合意で終結した。この合意によって「シーア派の軸」（ヒズボラ、シリア、イラン）が中東に整い、その後数十年のあいだ存在感を増しつづけている。実際、1990 年の内戦終結の際、レバノンのほかの義勇軍はみな武器を返上したが、ヒズボラは戦いを継続し、南

中東のその他のグループ・85

中東におけるテロ

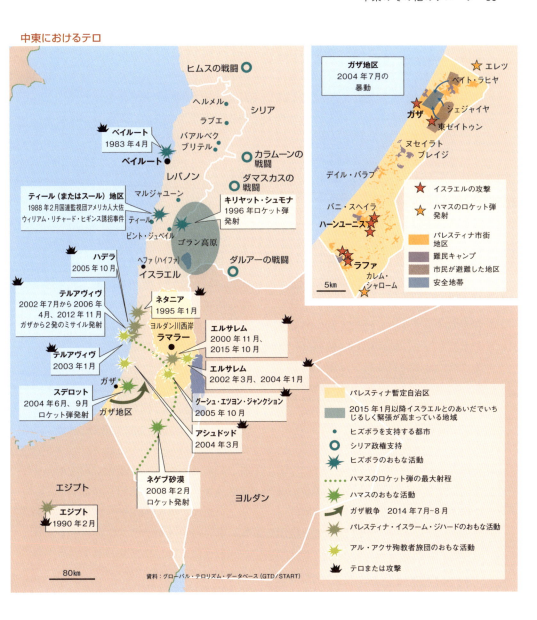

レバノンに駐留しているイスラエル軍に対するゲリラ活動を行なった。

2000年にイスラエル軍が撤退するとすぐ、ヒズボラは勝利とこの地域の解放を主張したが、その後も、シリアとレバノンとパレスチナのあいだにあって、帰属が争われているシェバア農場地区に戦力を集中させて、イスラエル軍に対す

る攻撃を続行した。2006 年にはイスラエル兵 2 人を誘拐し、イスラエルのレバノンに対する大規模な報復を挑発した。2012 年からは路線を変更し、シリア内戦に政府軍側で参加したことで、イスラエルに抵抗する運動としての信頼を失い、シリアにおけるイランのシーア派と湾岸のスンナ派諸王国対立の代理戦争のための戦闘グループに姿を変えた。

パレスティナのハマス

　ハマス(Hamas)は Harakat Al-Muqâwama Al-Islâmiyya（ハラカット・アルムカワマ・アルイスラミーヤ）の頭文字をとったもので「イスラーム抵抗運動」の意味である。グループは 1987 年に設立され、ムスリム同胞団のパレスティナ支部から出たもので、パレスティナ独立国の建設をめざす民族解放運動の一つである、とみずからを表明している。1990 年以来、軍人だけでなく民間人も標的にして、数百回のテロを遂行した。2000 年代の第 2 次インティファーダ［イスラエルの占領体制に対抗するパレスティナ人の蜂起］のあいだは、イスラエル占領軍に対抗する民衆運動と武装反対勢力の中心的役割を果たし、2006 年には、パレスティナ自治評議会の選挙で勝利したのち武力でガザ地区を制圧したが、国際共同体からボイコットされ、イスラエルからも攻撃された。実際、ハマスはイスラエルからの破壊的な介入を 2008 年、2011 年、2012 年、2014 年と何度も受けてかなり弱体化し、レジスタンスのグループであるというイメージの輝きを失ってしまった。こうした介入はまた、ハマスの敵であるサラフィー主義者の勢いを強め、さらに過激なグループが力をもつのを許した。

パレスティナ・イスラーム・ジハード

　パレスティナ・イスラーム・ジハード（PIJ）は、イスラエル打倒とパレスティナ解放を目標に、1970 年代の終わりに設立された。イスラーム民族主義組織であり解放運動であるとみずからを定義している。同グループはムスリム同胞団の元メンバーによって創設されたものではあるが、イランのイスラーム革命からも強い影響を受けたため、スンナ派と同様にシーア派の教義も精神的なよりどころとしている。したがってシーア派のイランから支持されている数少ないスンナ派の武装グループの一つだ。おもな拠点はヨルダン川西岸地域のヘブロンとジャニーンだが、近隣諸国で活動する支持者もいる。しかし、時とともに彼らのジハードへのよびかけは切れ味が落ち、戦闘員の数も減る一方で、弱小の集団となり、イスラエル軍とほかのパレスティナの集団の両方からの攻撃にさらされている。

アル・アクサ殉教者旅団

　アル・アクサ殉教者旅団（AAMB）は 2000 年の第 2 次インティファーダの

初期に設立された。出自は民族主義の党ファタハだが、その権威を直接引き継いでいるわけではない。同組織は2000年から2006年にかけて7件の爆弾テロを遂行し、イスラエル人だけでなくパレスティナ人もふくむ37人の死者と200人の負傷者を出した。また、2004年7月のガザ地区の蜂起に重要なかかわりをもち、パレスティナ・イスラーム・ジハード（PIJ）のような武装グループとともに活動した。2006年には、自爆専門の女性ユニットを創設したが、このことは2000年代初めからの殉教（シャヒード）思想の人気を物語っている。

　パレスティナ問題の政治的解決の糸口が見つからず、過激派同士が激しく対立するなかで、パレスティナの指導部は民衆の殉教思想強化につとめ、民衆は彼らの殉教者たちの写真を聖者のイコンのように掲げるのだった。2016年は殉教思想がニヒリズムに方向を変えた年である。AAMBの信奉者たちは、治安部隊や警察に銃殺されることがわかっていながら、刃物を用いてイスラエル人殺害を試みるという正真正銘の自殺行為をするまでにいたった。

88・地域と領土

北アメリカにおけるテロ

1980年代、アメリカはシーア派のイスラーム・テロにみまわれた。この時期の象徴的な事件といえば1983年4月18日に起こったベイルートのアメリカ大使館襲撃（死者63人、負傷者120人）である。湾岸戦争（1991年）のあとは、スンナ派過激組織の主要な敵となる。1990年代の10年間に高まっていった憎悪はアルカイダによって担われ、2001年の同時多発テロで頂点に達した。

2001年9月11日のテロ

2001年9月11日のニューヨーク世界貿易センタービルとペンタゴンに対するテロ攻撃はこれまででもっとも多くの犠牲者を出した（死者2977人、負傷者6291人）。時をおいて見ると、このテロが21世紀初めのもっとも重大な出来事だったことがわかる。この事件は国際関係と国内法制にとって大きな転換点となった。2001年10月26日ジョージ・W・ブッシュ大統領によって署名された「愛国者法」を受けて、ほとんどの国が程度の差はあれなんらかの反テロリズム法を定めた。このテロのあたえた影響は、社会的経済的にも政治的軍事的にも測り知れない。とくに「対テロ世界戦争」（Global War on Terror, GWOT）というアメリカ政府の命名による9・11のテロに対する反応としての軍事キャンペーンが実施されることになった。経済面ではなによりも、経済成長や環境に優先す

る形でおもに軍事産業が潤った。また金融システムの制御不能状態をひき起こし、2008年の大恐慌や銀行システムの破綻をまねいた。最後に社会面では、「対テロ世界戦争」に参加したすべての国で、極右の進出とイスラーム嫌悪行為の増加が認められ、国民の一体性や社会の結束というものが重大な危険にさらされている。

アルカイダの10年

9月11日（2001年）のテロからビンラディンの死（2011年）までを「アルカイダの10年」として語るのは、決して誇張ではない。それほどアルカイダはニュースやほかのテロリスト・グループを支配していた。しかしながら同組織が力をもつようになったのは、サウジアラビアのコバール・タワー襲撃事件（1996年）、タンザニアとケニアのアメリカ大使館襲撃事件（1998年）、イエメンの

アメリカにおけるテロの件数と逮捕者の出身地

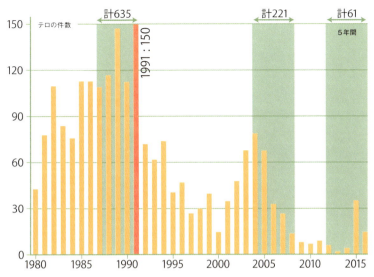

資料：グローバル・テロリズム・データベース（GTD/START）

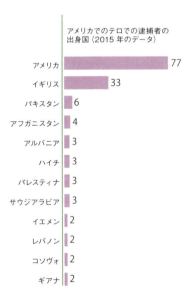

90・地域と領土

2001年9・11後のアメリカにおけるテロ事件

アデン港での米軍艦コール号襲撃事件（2000年）をへて、ゆっくりと漸次的にだった。

アルカイダは2001年9月11日以降、無数の試みにもかかわらず、アメリカ国内での大きなテロには成功していない。そのかわりアメリカの中東政策のおかげで、ジハーディスト・グループの代表格を自認し、勢力範囲の戦闘員のほとんど全員を自分のまわりに集めることができた。以後、アメリカに直接の脅威をあたえるのはアルカイダの「本社」ではなく、さまざまな地域支部、とくにアラビア半島のアルカイダ（AQAP）のイエメ

ン支部となる。AQAPは、アメリカとイエメンの二重国籍のイマーム、アンワル・アル・アウラキ（2011年死亡）の参加によって力を増し、アメリカで数多くのテロを生じさせた。2009年11月5日のテキサスのフォート・フット基地銃乱射事件がそれである。また2009年12月25日、ウマル・ファルーク・アブドゥルムタラブがアムステルダムとデトロイトを結ぶ米航空機内で着陸寸前に爆破テロ未遂事件などを起こしている。ビンラディンの死亡にもかかわらず、彼を継いで最高指導者となったエジプト人アイマン・アル・ザワヒリはアメリカに脅威をあたえつづけ、各地の支部に対し、彼らのいる場所でアメリカ人テロ攻撃を遂行するよううながしている。

イスラーム国という新たな脅威

　2014年になると、（イラクとレヴァントの）「イスラーム国」が、アルカイダを抜いてその地域におけるアメリカの利益に対する最大の脅威となった。この新しい組織もまた、アメリカに対するテロを使命と考え、ボストンマラソン爆弾テロ（2013年）、ニューヨークの警官襲撃（2014年）、テキサスのムハンマド風刺画展襲撃（2015年5月3日）、カリフォルニアのサンバーナディーノ銃乱射事件（2015年12月2日）、フロリダ州オルランドのナイトクラブ襲撃（2016年6月12日）などを実行した。

　ビンラディン亡き後（2011年5月）、ISの最高指導者アル・バグダディはアメリカの敵ナンバーワンとなった。アメリカはアルカイダに対して実効性のあったのと同じ戦略をISにも採用した。航空機やドローンを用いて目標を定めた攻撃をし、組織の指導者たちを殺す作戦である。こうして2016年夏、ISの3人の重要な指導者が数週間のあいだに殺害された。だが、組織の頭切りともいうべきこの作戦は、テロの問題そのものの解決にはなっていない。

92・地域と領土

ヨーロッパにおけるテロ

ヨーロッパは2度の大きなテロリズムの波を経験している。最初のものは「鉛の時代」（1970-1980年）という名で知られ、極左の小集団（赤い旅団、赤軍派、直接行動〈アクション・ディレクト〉）の激烈な行動で特徴づけられた。2回目は9・11の同時多発テロと2003年のイラク侵攻に続いて起こり、コルシカ、バスク、カタルーニャ、アイルランドの分離独立派に対して、イスラーム主義のテロという特徴をもつ。

イラク侵攻

2003年のイラク侵攻はNATO加盟国間に亀裂をもたらした。フランスのようにアメリカの介入に反対する国もあれば、サダム・フセインの転覆を支持する国もあった。アメリカの立場にならった国々のほとんどは、彼らの政治的・軍事的立場への報復として、襲撃やテロ行為の標的となった。ヨーロッパにおいて、もっとも被害の大きかったのはスペイン

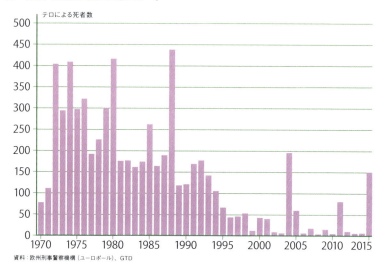

ヨーロッパにおけるテロとジハード

資料：欧州刑事警察機構（ユーロポール）、GTD

ヨーロッパにおけるテロ・93

とイギリスである。以前は、スペインの場合はおもに独立派ETA（バスクの祖国と自由）のテロに悩まされ、イギリスの場合は数十年前からIRA（アイルランド共和国軍）のテロと戦っていたものだ。アメリカの側に立ってイラクの軍事占領に参加したことで、この2つの国は2つの大きなテロ攻撃を受けた。スペインでは、2004年3月11日マドリードとその近郊の駅や4本の列車内で10発前後の爆弾が破裂し、191人の死者と1800人の負傷者が出た。イギリスでは2005年7月7日、ロンドンの地下鉄3本とバス1台のなかで4件の同時爆発があり、56人が死亡し700人近くが負傷した。スペインはイラクにおける自国の立場を見なおし、撤退を表明したのでそれ以上の報復をのがれたが、イギリスはアメリカ側での存在感をさらに強化する決断をしたため、2年後の2007年6月30日、今度はグラスゴー国際空港を攻撃された。

ムハンマドの風刺画

世界情勢がイラク戦争に左右され、ヨーロッパでは「文明の衝突」についての議論がさかんに行なわれるなか、オランダの日刊紙に2005年9月30日掲載されたムハンマドの風刺画が、前例を見ない暴力の波の引き金となった。ヨーロッパの多くの国の報道機関がその風刺画を再掲載したことが、世界的な反響をよんでさらに問題を刺激し、ヨーロッパでもムスリムの国々でも数多くの示威運動が起こったが、そのなかの数カ国では、激しい対立で国の状況が悪化するほどだった。多くの報道機関の風刺画家やジャーナリストたちに対して死のおどしが発せられ、フランスの風刺週刊誌シャルリ・エブドもそのなかにあった。シャルリ・エブドは10年後の2015年1月、テロの標的となり、編集局のほぼ全員が殺される。攻撃の後、テロリストたちはアルカイダを名のり、「預言者の仇を討った」と叫びながら引き上げていった［同時に起こったユダヤ系食品店襲撃犯はISを名のっていた］。

94・地域と領土

西ヨーロッパにおけるテロ

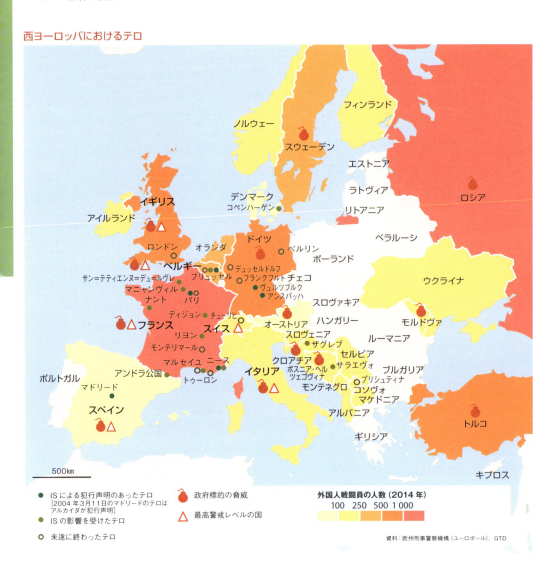

連携は力とならない

　ヨーロッパの多くの国は、その外交政策を理由に、干渉主義、新たな植民地主義とみなされるようになる。フランスとイギリスの指揮のもとに、NATO加盟国などで実施した2011年のリビアへの軍事介入は、ヨーロッパの政策がいきあたりばったりであるとの印象をあたえた。また、アフリカにおけるフランスのさまざまな軍事行動は、マリではヨーロッパの支持を受けることができたとはいえ、かつての植民地大国のイメージを

よみがえらせ、サハラ以南アフリカのイスラーム主義ゲリラの活動を助長する結果となった。さらに、ヨーロッパがシリアやイラクにおける戦争の当事者たちにかんして、アメリカの戦略や報告に同調することは、ヨーロッパをテロリズムの標的の最前列におくことだった。2016年3月のヨーロッパの中心都市ブリュッセルでのテロは、脅威が局地的でも一時的でもなくなったことの確証でしかない。

テロリズムとの闘いは各国の管轄と考えられていたため、これまでEUは情報や安全保障をもっと集中させようという努力をほとんどしてこなかった。だが、次々と生じる深刻な事態、とくに2015年の難民危機を前に、対処と刷新を余儀なくされた。

96・地域と領土

フランスにおけるテロ

フランスにはこれまで数度、テロリズムに苦しんだ時期があった。1792年から1794年の恐怖政治の後、19世紀末（1892-1894年）には無政府主義者によるテロ、その後は、ときにはFLN（アルジェリア民族解放戦線）、ときには極右組織OAS（秘密軍事組織）が1960年代のパリを悩ませた。1970年代に入ると、極左グループ直接行動（アクション・ディレクト）のテロが支配的になる。イスラーム・テロリズムが影響をあたえはじめたのは1980年代になってからである。

1980年代のテロ

1980年代は国外での一連のテロ、それからイラン系、あるいはレバノンのヒズボラに近い組織による国内でのテロ攻撃を受けた。たとえば1983年10月23日にはベイルートでフランスの国連レバノン暫定駐留軍が襲撃され、58人もの死者が出た（ドラッカール宿営地事件）。レバノンに駐在していること、ホメイニ師のイランと戦争中のサダム・フセインのイラク（イラン・イラク戦争、1980-1988年）を支援しているというのが理由だった。フランスはこのテロに対して1983年11月17日のブロシェ作戦で応じ、ベッカー高原で、ホメイニの親衛隊であるイスラーム革命防衛団とヒズボラの陣地を爆撃した。

以後、戦いはフランス本土に場所を移して、レバノンのヒズボラ傘下のフアド・アリ・サレフ（1987年逮捕）のネットワークによる10件ほどのテロ事件が起こった。これらのテロも、フランスのイラクに対する軍事援助をやめさせるのが目的だった。パリ6区レンヌ通りのテロ（1986年9月17日）を最後（死者7名、負傷者55名）に、フランスに対するシーア派のイスラーム・テロは1988年のイラン・イラク戦争終結とともに鎮火した。

1990年代のテロ

1990年代、フランスはアルジェリアの軍事政権を支援していたので、それがイスラーム主義者の怒りをかきたて、一連の報復テロが起こったが、その首謀者はGIA（武装イスラーム集団）だった。1994年8月、アルジェでフランス人5人が殺されたのを皮切りに1994年12月にはエール・フランス機がハイジャックされる。ついで1995年の7月から10月

フランスにおけるテロ・97

1980年からのフランスでのテロ事件

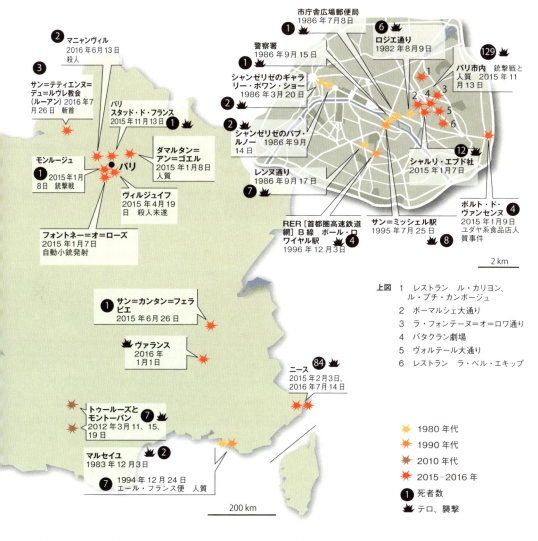

にかけてパリやリヨン近郊のヴィユールバンヌで爆弾によるテロが発生し、8人の死者と200人近い負傷者が出た。一連のテロは、1996年3月のアルジェリアのティビリヌ修道院のフランス人修道士7人の誘拐と殺害、1996年12月3日のパリの地下鉄ポール・ロワイヤル駅での爆弾テロをもって終結した。

これらのテロは、アルジェリアの内戦という状況の一環をなすもので、そのほんとうの出資者についてのさまざまな憶測をよんだ。フランス政府は、

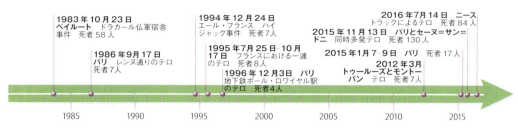

内政の面で、はじめアルジェリアに好意的だったのが、1995年ジャック・シラクが大統領に選ばれてからは、将軍たちと距離を置くようになっていた。外交の面では、イギリスに対し、アルジェリアなどのイスラーム主義者たちを甘やかしている、と「ロンドニスタン」[イスラーム過激派やテロリストのヨーロッパ最大の拠点となっているロンドンを揶揄する。イギリス人ジャーナリスト、メラニー・フィリップスの著書の題名から]という言葉を使って非難した。またアメリカに対しては、FIS（イスラーム救国戦線）やアルジェリア内戦にかんする立場のあいまいさを非難した。

2010年代のテロ

2010年代のテロはアラブの春（2011年）以来ゆれている地中海の地政学的状況とフランスの政策の変化のなかで発生している。フランスの政策はこの時以後、親米路線（2007年NATO北大西洋条約機構の統一指揮下への復帰）と干渉主義（リビア、マリ、シリア）という特徴をもった。2012年フランスははじめて、標的を軍隊やユダヤ人共同体に定めたテロ攻撃を受ける（2012年のトゥールーズとモントーバンの事件）。2013年5月には、パリのデファンス地区で1人の軍人が刃物で襲われる。2014年12月には、警察署を狙ったテロがあり、2015年1月のシャルリ・エブドとパリ20区のユダヤ人専門食料品店の事件から1カ月後、ニースのユダヤコミュニティセンターの前で歩哨に立っていた兵士が、刃物で攻撃された。2015年4月のオルリー空港事件では兵士が襲われて負傷した。そして2015年11月、フランスはパリとセーヌ＝サン＝ドニでの7件の同時多発テロにみまわれ、死者130人と500人近い負傷者を出した。さらに2016年7月14日のニースでは、つっこんできた大型トラックによって86人が死亡。これらすべての大量殺戮について「イスラーム国」の犯行声明があり、フランスのシリアとイラクにおける爆撃の報復であることが表明された。これらの事件によって、緊急事態法がしかれ、政治的、社会的、経済的に打撃を受けた状況のなかで、フランスの対テロ法が根本的に見なおされ

た。フランスがそれまで知っていたテロ事件とは違って、2010年代のテロの波は、イスラームとフランスにおけるムスリムの地位にかんする政治的・メディア的論争に焦点を置いているところに特徴があり、テロリズムとイスラーム主義のつながりは、一般大衆の目に疑う余地のないものとなった。そのことが外国人やイスラームに対する嫌悪を生じさせ、住民間の対立を起こし、コルシカのように共同体をすっかり害されている地域もあ

る。メディアにとりあげられすぎの感がある「ブルキニ（女性用の体全体を包む水着）」などは、フランス社会の一部分の生きにくさの象徴であるが、いまや「内戦」という概念がはびこって、政治家は競って安全対策を叫んでいる。このようにたしかにISのテロは社会のまとまりを害した。だが、政治家たちはこうしたテロがなぜ起きているか、理由と動機について本気で考えることをしていない。

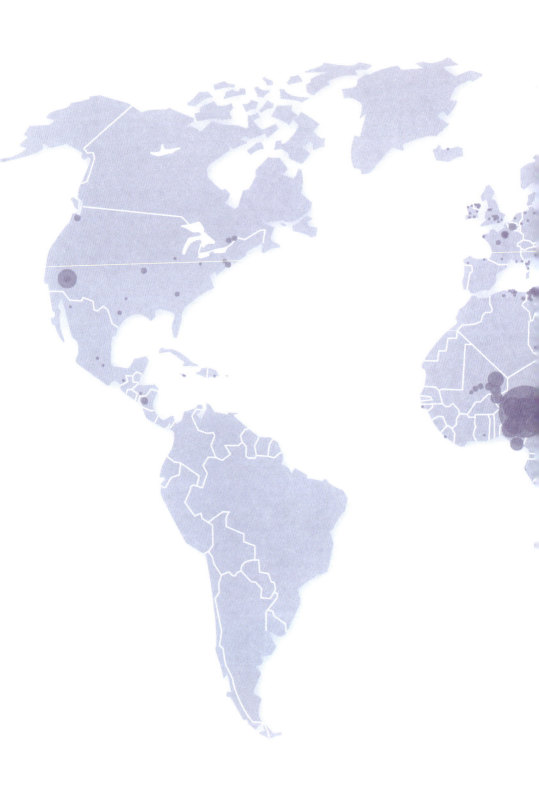

財源と資金調達

承認された国家にせよ国家とは認められていない組織にせよ、戦争状態にあるとき、資金はその神経のようなものだ。テロリズムへの資金調達は、個人の寄付から、銀行のオンラインのデータ窃取まで、いくつもの道がある。といってもおもな財源は、掌握した地域の住民に「革命税」や「救貧税」の名目で課税することだ。しかしそれができるのは、国家が崩壊して、絶対的な役割を果たしていない場合にかぎられる。そうでない場合、テロリスト・グループはあらゆる種類の密輸や密売で資金を調達し、ついには非合法で非公式の闇経済を作り出し、それが徐々に関係国のシステムをむしばんで、弱体化させてしまう。そのためテロとの闘いは、軍事と安全保障の道を行くだけではなく、短期的には経済の立てなおし計画、長期的には人道的発展のデザインをともなわなければならない。

102・財源と資金調達

住民への課税

　テロ組織の大部分は、自分たちが制圧した土地に「イスラームの国家」を樹立し、現在の国家にとって代わることをめざしているが、それは通常の税金の上に新しい税金をくわえることを意味する。だが排斥されている彼らは、国内市場とみずからの財力に頼らざるをえない。さらに戦争状態にあるのでそれもできず、結局住民に特殊な負担を強いるという方法をとる。

「イスラームの収益」

　いくつかの組織の内部資料によると、「イスラームの収益」は３種の大きな収入源による。まず一般的な用語で「余剰」を意味するファイという税金がある。これは主として、どの土地所有者にも請求できるイスラームの地税（ハラージ）で構成され、通常は10分の１税（ウシュル）であるが、個人の状況や各地の特殊事情によってその率は「徴収者」（アミール）の裁量にまかされている。次に、「戦利品」（ガニーマ）からの収入で、「信仰心の篤い戦闘員」（ムジャーヒディーン）が襲撃、略奪、強奪によって敵から得るものすべてのうち、金銭的な価値があるもの（販売、流通が可能なもの）が対象となる。この財産に５分の１税（フムス）が課され、集まった税収は、一般に新兵や戦争で負傷した兵士に充当される。そして最後に義務的な喜捨（ザカート）と自発的喜捨（サダカ）か

らの収入があるが、その税率はアミールあるいは「地方長官」（ワリ）の評価にまかされ、おもに孤児、寡婦、老人に割りあてられる。

　この「イスラームの」と表明される３つの収益は、中世にムスリムの軍隊が制服した領地内で実施されていた方法にならっている。しかしながら、これらは過去のほとんどの時代においてなんら法律の根拠も、神学的正当性もなかったし、とくに現代のムスリム国の社会的、経済的状況ではなおさらだ。

「庇護税」

　イスラームの伝統では、ムスリムの支配下の非ムスリムの住民は、国家に「庇護されている」（ズィンミー）と考える。それがもともとそこに住んでいた人々であっても同じである。

　イスラーム教の初期、２代目のカリフであったウマル（在位634-644）がかわ

した契約によって、「庇護される」地位は、主として信仰は変えないままその地に住みつづけることを選んだ啓典の民（キリスト教徒とユダヤ教徒）に適用された。だがこれは、実際にはむしろ待遇と税金にかんする差別的な規定であって、非ムスリムは（略奪、攻撃、窃盗などから）庇護されるべきだが、それには金がかかる、というものだ。このため彼らは追加の税金であるジズヤを払わなければならない。このように庇護税は、非ムスリムにだけ請求できる人頭税だ。この税金の支払いをこばむと、テロリスト組織からイスラームへの改宗か土地を離れるかの選択を迫られる。それまで非ムスリムの大半は出ていくことを選んでいたので、難民の列がふくらんだ。だが、「庇護される」地位に接近できない少数者たちもいる。啓典の民とは認められないからだ。たとえばイラクのヤジーディという宗派の人々である。この場合テロリスト組織は死か奴隷化を宣言することになる。奴隷にするほうが、経済的に旨味があるので、ISやボコ・ハラムのようなテロリスト組織に掌握されている地域では人身売買産業が発達している。

その他の税金

その他、組織によって率が異なる税金もある。たとえば「通行税」は、ある組織の支配領地を通過するとき、あるいはその支配下の国境警備地点を通るとき、その組織の係員に支払う金額を意味す

る。この税金はすべての商品について請求できるが、もし運送人がその額を支払えないときはその分の現物を徴収できる。また「自由税」は拘留されている人を解放するための保釈金のようなものである。最後に「ジハード税」は戦闘の労に対する例外的な分担金だ。これらの税はそれぞれのケースや状況により、10分の1税（ウシュル）、あるいは5分の1税（フムス）というコーランに根拠をもつとされる「配分」にしたがって課される。

こうしたいくつもの税が経済活動にかなりの影響をおよぼしている。地域の人々が黙って負担しているのは逃がれるのが不可能だからなのだが、組織の信奉者らは、彼らの統制のもとには盗みも賄賂もないと自慢する。だがそれは、汚職が慢性的な状況のなかで、既成事実に従っている地域住民への負担の重さの口実でしかない。

こうした既成事実への服従は、それぞれの組織が課税を正当化するために主張している自称神学的な論理でも説明される。たとえばISは、彼らが制圧しているシリアとイラクの地域で、「倫理的財政」をめざす大々的な布教キャンペーンを行なった。「イスラーム財政」の新しい原則をいきなり強制したのだが、そのなかにはとくに利息（リバー）の禁止がある。この措置が銀行の役割の原則を根本的に変えることはないにしても、銀行は近隣諸国にならって多かれ少なかれそ

の原則をとりいれていたので、民衆はこの通知を好意的に受けとめた。ISはまた、「客の心をそそることがいっさいないように」、女性銀行員たちに「イスラームのベール」をかぶることを要求した。さらに銀行の新経営陣に、祈りの時間には従業員が「神への義務」を果たせるよう仕事を一時中断させること、という指示をあたえた。

住民への課税・105

地域による税金のタイプ

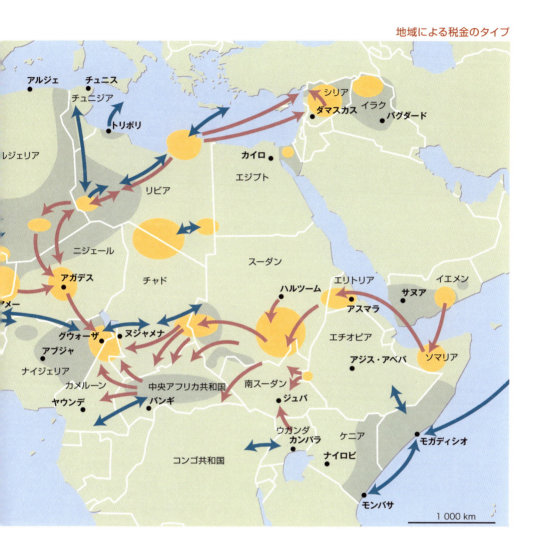

不正取引と密輸

　不正取引と密輸はテロ組織の主要な財源となっている。取り扱うのは麻薬、タバコ、車両、石油、ガス、またはセメントやその他の派生品などで、組織は本物の経済主体のようにふるまう。こうすることで国家をおとろえさせつつ組織は豊かになり、みずからがその顧客にもなることでその土地に定着する。

石油の不正取引

　イラク、シリア、イエメン、リビアなどテロリズムに関係しているアラブの国々の主要な収益は石油である。イラクにおいては、1991年から2003年まで国際的な輸出禁止が命じられたことと、その後2003年から2011年のアメリカ占領によって、経済が根底的に破壊されたため、闇経済が助長され、だいぶ前から経済活動を動かす中心的な原動力となった。こうしてこの25年間、非公式のネットワーク、ブローカーだけでなくマフィアや犯罪組織が、無政府状態に荒廃と腐敗をつけくわえた。結果として、国家機構のなかでも軍隊のなかでも、すべてが買うことができる経済システムが誕生した。石油はほかのすべての活動のなかで最重要のもので、この灰色で混沌とした経済の中心にあったが、非常に金になった。このような状況のなかで、ISは占領下の地域の油田を経営し、2015年には毎月150万バレル生産した。この経済的な天の恵みが組織の存続にとっていかに重要であるかを意識した多国籍軍は、2015年なかばから油田に対し、次いで、石油を不正取引業者まで運ぶタンクローリーに対し、徹底的な爆撃を開始した。2015年末には、もともとほんとうの生産能力も商品化の能力ももっていなかったISは、初歩的な手段による油田を数カ所経営するのみとなる。とはいえ、ISの財政にとってもっとも痛手となったのは、原油相場の大幅な値下がりであった。一年間で石油の単価は3分の2の価値を失い、2014年末に100ドルだったのが2015年末には30ドルになってしまったのだ。

古美術品の不正取引

　大部分のテロリスト・グループがイスラーム以前の遺跡の破壊に執着しているとはいっても、彼らはそれを売買することにやぶさかではない。シリアとイラクにおけるISの行動はその典型である。実際、彼らの古美術品取引へのかかわりは、国際的需要、とくに西欧の美術収集家や愛好家からの注文に依存して徐々に増えた。こうした注文に応じて、ISは2014年から美術品の闇市場を組織した。略奪を禁止し、取引を許可制とし、それから売り上げの5分の1にあたる税金制度を導入した。2015年には、もう一段階進めて古美術取引の運営を官僚化し、発掘作業の運営も一カ所に集中させ、そこから発生する取引を合理化するための古美術局を設置した。局は発掘現場のリストを作成して発掘のための許可証を交付する。それから組織そのものが「取引」の主体となって、その管理部が現場でしばしば採掘用の土木作業用の機器もそなえた数百人の従業員たちに給料を支払い、「古美術品ハンターたち」にも道を開いた。この人々はもっぱらもち運びが楽な小さなもの、陶磁器、アンフォラ（つぼ）、貨幣、小型の像のようなものを採取する。ISにとって重要な財源なので、監視は厳しく、見せしめの懲罰もある。掘り出された美術品は「資格のある」仲介に託され、買い手を見つけて売却される。このネットワークの関係者たちは、ほとんどの時間一般用モバイル機器をとおして入手できる内輪のメッセージサービスを使って交信している。売りに出される美術品の写真をやりとりして、遠隔地との交渉をまとめるのだ。支払いは、近隣諸国にできている別の金融ネットワークの仲介を利用して、手数料を払えば現金決済される。そのあと古美術は不法に、中継点となるトルコへ移送される。それからしっかり組織化され、西欧の国々に根づいている国際マフィアの手にわたり、彼らによってもっとも高値をつける相手に売られる。メディアにはほとんどとりあげられていないが、この古美術品取引は概算60億ドルに上るもので、麻薬と武器についで世界で第3位の組織犯罪なのだ。

恐怖の経済学

　2015年、ISの財源は20億ドルと見積もられ、テロリスト組織で世界一裕福であることが示された。ちなみにアフガニスタンのタリバンは4億ドルの「予算」を管理しているにすぎないし、ソマリアのアル・シャバーブは1億ドル、ナイジェリアのボコ・ハラムは1000万ドル以下である。

　占領地を国家のように統制するISは、財政をつかさどる「長官」（ヴィジール）をいただく本物の官僚制度で領地の経済

を管理している。長官は税金の徴収と一般会計の両方を責務としているようだ。

また、経常費を扱う「予算省」（ディワン・アル・ナファカート）と軍隊と軍需品にかんする支出だけを特別に担当する「戦争省」（ディワン・アル・マール）の存在も認められる。それら全体が、国の財政収支を管理する「国庫」のような

もの（バイト・アルマール）に所属している。その他の行政下部組織が組織の文書に記載されているが、それらは、土地にかかる税金（ハラージ）徴収や非ムスリムへの人頭税（ジズヤ）の徴収、没収物の管理、現物で納められた各種使用料、後援者からの寄付といったものを専門的に扱う。さらに、ISは税金徴収の

不正取引の地域とルート

トルコ経由でロシアへ
トルコ
カーミシュリー
ハサカ　テル・ブラク
コルサバード
アレッポ城砦
イドリブ
ウガリット
エブラ
モースル
ニネヴェ
ラタキア
アパメア
テル・ビア
ラッカ
ニムルド
シリア
デリゾール
ハトラ
アッシュール
レバノン経由でヨーロッパとアメリカへ
ヒムス
パルミラ
ドゥラ・エウロポス
マリ
レバノン
サーッマラー
ダマスカス
ゴラン高原
ダルアー
ラマーディ
バグダード
ボスラ
ルトバ
ファルージャ
ヨルダン経由で湾岸諸国へ
イラク
ヨルダン
カルバラー

IS に破壊された考古遺跡
略奪された遺跡
ユネスコの世界遺産に登録されているおもな遺跡
破損したモスクあるいは霊廟
古美術品の闇取引が行なわれている地域
石油の密輸が行なわれている地域
古美術品闇取引のルート
石油の密輸のルート
100 km

ために行政区分地域を設け、その結果、中央行政に直接属するシリアとイラクに6つの「州」とエジプトとリビアに2つの「海外州」ができている。「海外州」は忠誠によってカリフに属しているが、直接管理されているのではなく、それぞれがISの「中央政府」に似た小さな財務管理局をもっている。ただしISに対して特有の分担金を支払わなければならないことになっている。

人質産業

　誘拐と人質については、どの反乱グループ内にも反対の意見があるとはいえ、地元の住民や外国人を誘拐して身代金をとることは、テロリスト組織の常道である。イスラーム主義のグループが特殊なのは、宗教の観点から問題を提起して、みずからの主張するところの宗教的論理で誘拐という手段を正当化あるいは合法化しようとする点だ。

人質の地位

　誘拐と身代金要求はどのテロリスト・グループも行なっている。なかでもイスラーム・マグレブ諸国のアルカイダは、2008年から2012年のあいだに約20件の誘拐、ISは2013年から2014年のあいだに約50件の誘拐を行なってきた。プロパガンダ目的で誘拐することが、組織の中央司令部から承認されているとはいえ、いくつかの根本的な問題が解明されないままになっているので、「神学者たち」は司令部に解明を要求している。一方で、人質の「身分」についてはこの神学者たちも、西側諸国がみな彼らに対して戦争を宣言し、テロリズムに対する政治的・軍事的行動をとるかぎりにおいて、西側の市民はすべて「敵の戦士」であると評価する。これらの国では民主主義が優先されていて、選出された大統領が「軍の最高司令官」となるので、すべての西側市民は投票によって自国の政府の外交政策を承認していることになる。したがって本人が望もうと望むまいと責任がある、というのだ。さらに、誘拐と身代金要求の法的性質決定にかんして、テロ組織の多くはコーランのいくつかの節や預言者の伝承を根拠に、イスラームの利益になることはすべて合法的であると評価する。その結果、誘拐はイスラーム世界の中世の戦争法にしたがってさえ

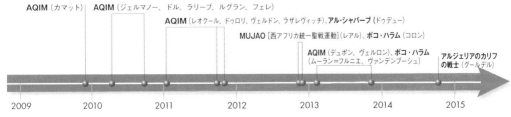

世界の誘拐人質事件

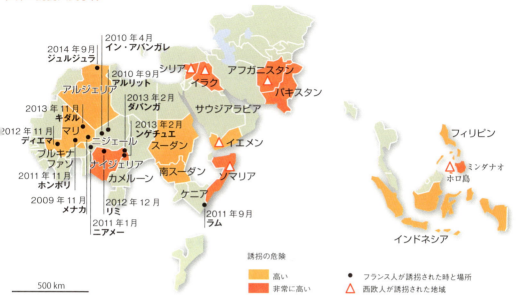

いれば、ジハードの一環だということになる。とくに「戦争捕虜（人質のこと）」の（寛容な）扱いにかんする方法と、解放あるいは処刑の方法（これは組織内の神学理論による）に準拠していればいいことになる。

身代金

アルカイダと反対にISは、「人質産業」から得られる収入を前面に置かない。彼らにとって宣伝活動目的が主であって、身代金要求はその周辺的な活動でしかないのだ。現実に、身代金の金額は人質がどんな人物か、その事件の重要性、その人物の国の政策などによってつねに変化する。だがその総額が2014年には数百万ユーロに達していたのは明らかで、支払ったのは大部分ヨーロッパ、なかでもとくにフランスである。要求に応じる気持ちがもっともあるからだ。アルカイダのマグレブ諸国支部（AQIM）については、2013年フランス軍を前に逃げさったとき、残していった記録書類のおかげで、支払われた身代金の額を推測することができる。回収した手紙のなかの一通で、AQIMの指導者たちは、モフタル・ベルモフタルがカナダの人質と交換に得た金額について、たったの100万ドル、と皮肉っている。

これはそれまでの身代金はもっとずっと多かったことを物語るものだ。たとえば人道団体のスペイン人3人に対して、

スペインのメディアは1000万ドルを申し出、それによって1人ずつの「値段」が約300万ドルと決まった。2011年ニジェールのアルリットでAQIMの戦闘員に誘拐されたフランス人たちについては、最初の交渉者は6人で9000万ユーロ提示したが、これは人質1人あたりの「平均額」は約1500万ユーロになる。身代金の金額は2008年から2014年にかけて、1人あたり数十万ユーロから数百万ユーロとしだいに増えたが、対象はあきらかにヨーロッパ諸国に集中した。なぜならアングロ・サクソンの国々は支払わない主義だからである。

西欧以外の国の出身者の人質事件についてはあまり報道されていないが、2010年代になって増加している。チュニジアのような小さな国は、身代金を払えないのだが、それでも標的にされ、国民が誘拐されている。たとえば、赤十字国際委員会（ICRC）の職員ヌラネ・ファス［チュニジアとフランスの二重国籍］が、2015年12月イエメンでアルカイダに誘拐されている。

「血の代金」

シャリーアや多くのアラブの国々の部族の規範によれば、ある部族のだれかが殺されるか誘拐されるかしたとき、その部族には、復讐をするかわりに当事者間で決められるなんらかの条件にしたがって「血の代金」（ディーヤ）を受けとるという選択肢がある。一般に、部族同士

の争いを避けるため条件は受け入れられるが、誘拐者や殺人者が約束を破ったり、合意したとりきめを守らなかったりすることもある。そうなれば、休戦は破棄され、戦闘がはじまるのだ。イラクにおいて、ISは「留置人」の買い戻しシステムを地域の大部族を相手に展開し、この掟を口実にして、解放とひきかえの大金を受けとっている。

このシステムで命を救うことはできるが、ISのテロ活動のための不法な資金調達に貢献することになる。これが大規模に利用されて何百人もの命が「買い戻される」ことは、原始的文化のシステムを告発することと、死を宣告されている人々を救う緊急の必要性とのあいだで迷う人道団体を道徳的ジレンマで苦しめる。国際的な対テロ法制を強化し、テロ組織の資金調達をたとえ間接的なものでもすべて罪とすることが、多くの市民の犠牲とひきかえに、この迷いに終止符を打つことになるだろう。

フランス人人質

フランス人はとくにアフリカにおいて、イスラーム武装グループ全体から標的にされやすい。AQIMとそのサヘル地域の旅団は、2009年にピエール・カマット、2010年にミッシェル・ジェルマノー、ティエリー・ドル、ダニエルとフランソワーズ・ラリーブ、ピエール・ルグラン、マルク・フェレ、2011年にアントワーズ・ド・レオクールとヴァンサ

ン・ドゥロリ、フィリップ・ヴェルドン
とセルジュ・ラザレヴィッチ、2012年
にジルベルト・ロドリーゲス・レアル、
2013年にジスレーヌ・デュポンとクロ
ード・ヴェルロンを、ボコ・ハラムは
2012年にフランシス・コロン、2013年
ムーラン＝フルニエ一家、ジョルジュ・
ヴァンデンブーシュ神父を、アルジェリ
アのISは、2014年にエルヴェ・グール
デルをソマリアのアル・シャバーブは、
2011年にマリー・ドゥデューをそれぞ
れ人質としている。このように標的にさ
れる理由は、その地域におけるフランス
の軍事力の顕著な存在で説明がつく。フ
ランス人誘拐は一般的に、2010年コー
トディヴォワール、2011年リビア、
2013年マリ、2014年中央アフリカ、と
いったフランスの軍事介入に対する報復
と解される。

フランス人人質の問題は、2013年中
東において、非常に深刻な形で提示され
た。欧米のジャーナリスト誘拐事件が多
数起きて、さかんに報道された年であ
る。そのなかでフランス人はディディ
エ・フランソワ、エデュアール・エリア
ス、ピエール・トレス、ニコラ・エナ
ン。彼らは2014年4月、ISへの身代金
支払いとひきかえに解放された。2014
年8月に斬首されたアメリカ人ジャーナ
リストのジェームズ・フォーリーとスティーヴン・ソトロフのように運の悪い人
質もいた。それはフランスやほかのヨー
ロッパ諸国と違って、アメリカを筆頭に
アングロ・サクソンの国々が、間接的に
資金提供することを避けるために、テロ
組織に対して絶対に身代金を払わないと
いう主義をつらぬいているからだろう。

114・財源と資金調達

人身取引

国連によると、人身取引とは脆弱な立場にいる人を輸送、収容、拉致し、売春やその他の形での性的労働、労働あるいは強制奉仕をさせること、奴隷状態に置くこと、臓器の利用あるいは摘出をすることをいう。地域によって、一つあるいは複数のテロ組織が、不法だが非常にもうかるこの取引にかかわっていて、その数はこの数十年でどんどん増えつつある。

奴隷取引

奴隷制の問題は、イラクとレヴァントのイスラーム国が2014年ヤジーディ［ヤズィード派］共同体の女性たちを奴隷として売った、と表明したとき国際舞台の前面に再登場した。組織の指導者たちは「イスラーム戦争法」（フィクフ・アル・ハルブ）を主張し、捕虜にした女性たちを戦争の収穫、いわば戦士たちで分けあう戦利品（ガニーマ）とみなしている。中世に通用していた慣行に文字どおりしたがって、戦闘や都市の攻略後に毎回司令官が選別を行なう。この選別はムスリムの女性を区別するためで、彼女たちは生まれながらに自由なので奴隷にしてはいけないが、ほかの女性については奴隷にすることが許される。複数の証言によると、識別のプロセスはむしろ手短なものだ。捕虜の女性にムスリムの信仰告白「アッラーのほかに神はなく、ムハンマドはその使者である」を口頭で言わせ、次にコーランのすくなくとも3章（スーラ）を暗唱させるが、これはふだんの祈りの時唱えるものである。とはいえ、これができて

難民の悲劇（2011-2015年）

ヨーロッパに到着した人数（単位：1000人）／地中海での死者数（単位：1000人）

資料：欧州対外国境管理協力機関、国際移住機関（IOM）

も戦闘員たちによる性的暴行や同意のない性交渉をのがれられるわけではない。実際、同意の条件はねじ曲げられるのが一般で、死をもっておどされることもよくある。くわえて、女性の同意は完全に形式的である。というのも法律によって女性は後見人（ワリ）をもたなければならず、後見人にはムスリムの成人男性ならだれでもなれるので、その女性を捕虜にした戦闘員たちのだれかがなってもいいからだ。ときにそれと同時に行なわれる選別の第2段階は、既婚女性と未婚女性を分けることである。この選別の理由は、イスラームの中世神学によると、捕虜になった母親を未成年の子どもたちから引き離すことは許されないし、妊娠している場合には売りはらったり譲ったりすることは許されないことにある。このように奴隷身分の地位向上といって、中世の慣習を現代によみがえらせているにすぎない。

性にかんする論法

イスラーム国やボコ・ハラムのような組織は、武装行動や爆撃によって毎日大勢のメンバーを失っている。この損失を補うため、新兵を募集しなければならないが、そのためにセックスを利用し、結婚できるという明るい希望をもたせるよう仕向けることを躊躇しない。地域の事情からすると、こうした希望がもてることは非常に魅力的だ。大部分の若者たちは結婚相手に出会うのがむずかしいし、

ほとんどの地域では持参金が途方もなく高いからである。しかも募兵システムを最大限活用するため、ISの「神学者たち」は外国人兵士や若い女性を少しでも大勢集めることを狙って、教義にいくつかの刷新をした。もっとも重要な刷新は、「遠隔結婚」（アル・ジャワーズ・アンバード）が認められたことだ。この用語は、現代のコミュニケーション手段を介してするあらゆる形態の契約による結びつきをさす。とくに「電話を介しての結婚」や、スカイプやフェイスブックといった「インターネットを介しての結婚」のことで、肝心なのは未来の夫婦のあいだで直接合意がかわされることなのだ。この簡便な方法で、ISは戦闘員たちの性行動と私生活を厳重にコントロールしながら、新しい志願者たちを引きよせている。

テロと売春斡旋

アフリカで2014年に起こったボコ・ハラムの250人を超える女生徒誘拐は、実際に女性の売買が行なわれていることを世界中に明らかにした。それと同時にテロと売春斡旋とのつながりもはっきりした。ナイジェリア北部で誘拐された少女たちは、テロ組織の戦闘員と強制的に結婚させられただけでなく、そのうちの何人かは、ヨーロッパで暗躍しているナイジェリアの強力な売春組織に売られた。マフィアがパスポートを用意して、女性たちをとくにイギリスとドイツへ送

116・財源と資金調達

世界の人身取引

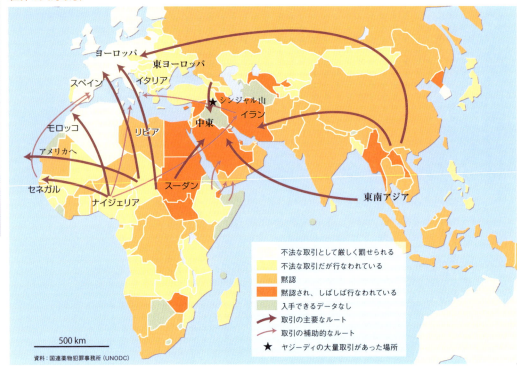

り出す。フランスでも売春をしている女性の10%がナイジェリア人だ。到着すると、ナイジェリア人の売春宿女主人（マンマ）に1万ユーロで転売される。フランスにおけるこの種のネットワークの売り上げは、毎年1500万ユーロに上るとみられている。

移民輸送

移民の輸送は今日、地上を通って、海を渡って、空を飛んで行なわれている。世界のテロ組織のいくつもが、多くの外国人を主権国家の領土に不法入国をさせることで利益を得ていて、2015年から2016年のあいだに100万人以上が不法にヨーロッパに入っている。たしかに、大部分の人々の入国理由は、内戦状態に支配された祖国の事情である。しかし密入国の斡旋者たちはそこから大金を得ているのだ。ヨーロッパ諸国の政治的選択に影響をあたえかねないほど考えぬかれた論理的で体系だった方法で実施されるケースもある。ISILは、2014年有志国連合の爆撃がはじまったとき、ヨーロッパを難民の洪水が襲うだろうとおどしたが、まさにそうなった。また彼らは、移民の流れを利用して自分たちの戦闘員を入りこませ、それによって2015年11月

パリや2016年3月ブリュッセルのテロを実現した。同様に、当時スルトの海岸地域に進出した「イスラーム国」のリビア支部も、イタリア南部経由で「50万人のアフリカ人」をヨーロッパに送りこむとおどした。以来、移民を満載した船がおしよせ、遭難してヨーロッパの海岸に打ちよせられる遺体があいかわらず増えつづけている。渡航のために移民たちはかなりの金額を払う。国や輸送ルートによって異なるが、1人につき1000ユーロから1万ユーロである。なかにはときとして、運賃のために臓器（一般に肝臓）を見返りにするといった非人間的な取引に応じなければならない人もいる。そのため臓器取引の多くは、ヨーロッパ到着の前後をとわず、移民と結びついた現象として生じている。もっとも若い人々、とくに子どもたちがこの現象の犠牲となりやすい。両親によって拉致されたり売られたりして、犯罪組織の手に落ち、青少年の公正な扱いが特別守られているはずの民主主義の国々でそのような組織が活動するために利用されるのだ。

118・財源と資金調達

秩序立てられた慈善

　テロリスト・グループは、住民からの税金や公共料金の徴収を正当化するために神学的論理を引き合いに出す。また福祉という名目の活動を展開するためにも教義をもち出す。この連帯の表われということでとくによくみられるのは、イスラーム教の基本の柱と考えられている「喜捨、救貧税」（ザカート）である。しかし寄付の流れはあいまいで、テロ関連の活動資金にあてている可能性がある。

義務としての喜捨

　過激派グループは、喜捨（ザカート）が義務的なものであると主張し、この義務を説明するためにコーランの何カ所かの節（9・103、73・20）をあげる。そして喜捨を出さないムスリムに対して聖戦（ジハード）を宣言することも、歴史の前例をあげて正当化しようとする。実

喜捨の分配

喜捨（ザカート）募金のタイプと変遷

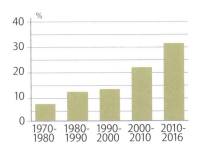

イスラーム主義組織の財源に占めるザカートの割合

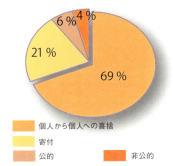

- 個人から個人への喜捨
- 寄付
- 公的
- 非公的

際、最初のカリフ（預言者ムハンマドの後継者）アブー・バクル・アル・スィッデークは、権力の座にいた２年間を、ムハンマドの死後ザカートを払わなかったアラブの民族との戦いについやした。イスラーム教初期の時代と同じく、過激派組織はほかのムスリムへの攻撃を正当化しようと、次のように主張する。ザカートはイスラームの柱なので、それを尊重しないことは背教（リッダ）を意味する。貧者の権利は、「彼ら（金持ち）の財産の上には物乞いや恵まれない人々に支払われるべき権利がある」（コーラン51・19）、「財産の上の定まったなにがしかの権利がある」（コーラン70・24）、とコーランに２度にわたって言及されている。そのため、ザカートの額をいくらに決めるかという問題が、神学者たちのあいだにたえまない論争を起こすことになる。2011年から2016年までの、ザカートの名で集められた額の平均は、給与所得者の年収の２％、農民の収穫高の５％、その他の収入（たとえば資産運用）

では10％だった。2014年、ISは、シリアとイラクの占領地に、ザカート徴収に特化した役所を設けた。中世と同じようにこの役所は「財務事務所」（バイト・アルマール）とよばれ、原則として社会扶助基金を構成するが、実際には、この基金はISの戦闘員とその未亡人に優先的に割りあてられる。

自発的喜捨

イスラームの教義では、サダカ（複数はサダカット）は自発的喜捨をさすが、コーランはその受益者について明示している。「サダカットは貧者、困窮者、（寄付に）たずさわる者、（イスラームの）味方にくわわった者、奴隷の身受け、過重負債をもつ者、神に仕える者、困窮している旅行者だけに向けられる。それが神に決めたことであり、神は全知で思慮深い」（コーラン９・60）

コーランのこの節はISのような組織に、いままでにはなかったやり方を正当化するのに利用されている。たとえば、

「味方にくわわった者」という部分は、外国人戦闘員や新たな改宗者、とくに自分の国を出てシリアやイラクへ移住（ヒジュラ）してきた西欧人への支払いを正当化する。

同様に、「奴隷の身受け」についての部分は奴隷制の存在を正当化する道具となる。「神に喜んで貸す者には、だれであろうと神は何倍にもして返す」（2・245）というコーランの別の節と関連させて、組織の「神学者たち」はこの世での善行は、あの世で700倍になるだろうと計算する。

「寄付にたずさわる者」はイスラーム主義組織内の基金の横領を正当化する。「報いを受ける」というコーラン法の規則にしたがって、自発的喜捨からの収入の多くは、ジハーディスト支配下の多くの地域では「貧者や困窮者」にではなく、地域の住民をふみつけて私腹を肥やす地方官に行ってしまう。コーランには、喜捨の指定されたさまざまな受益者のあいだでの分配法ははっきり書かれていないので、良心のとがめも罰も受けることなく、あらゆる濫用が許されてしまう。こうして、喜捨は戦争の功労者を養うのに使われる。

罪の清算

イスラームの伝統では、カファラという言葉は「罪の消去」を意味し、信者が過ちを正すのに、あるいは善行によって過ちを忘れてもらうために、勧められているあらゆる行為のことをさす。ムスリムの神学者たちは、「喜捨は、水が火を消すように罪を消す」（アル・ブハーリー、ハディース［ムハンマドの言行にかんする伝承］2951番）という預言者ムハンマドが言ったという言葉を引用する。すべての過ちが善行によって「消せる」といっても、コーランで言及されている大きな過ちというのは、ラマダンのときに断食を破ることや誓いに違反することだけである。このタイプの過ちについては、たとえば次のような、清算のための明確な方法（カファラ）がある。「神は誓う際の軽薄さは罰しないが、実行するつもりでした誓いに反することには罰する。これの償いには、自分の家族にふつうに食べさせているのと同じ食物を10人の貧者にあたえること、あるいは彼らに服を着せること、あるいはまた奴隷を一人解放すること」（コーラン5・89）。「罪の清算」はイスラームにおいても、中世のカトリックのように免罪符の販売システムにたどり着く可能性はあったが、聖職者が制度化されていないので、個人対個人の関係内の問題にとどまった。とはいえ、このシステムをまね、カファラを引き合いに出して1000ドルから1500ドルの「罪の清算」金を徴収している過激組織もある。

テロリスト組織が存続するには多くの資金が必要なので、彼らは生きのびるのに必要な財源を確保するために、どこまでも想像力を広げる。1980年代の独立

主義グループ（コルシカ民族解放戦線CNLF、祖国バスクと自由ETA、アイルランド共和国軍IRAなど）は、自由と団結の名で「革命税」を徴収していたが、現代のテロ組織はコーランと伝統に頼って、自分たちの「収入」を正当化している。宗教によって正当化しようという意思をもってすれば、少しでも多くの金を集め、最大限の資金調達を吸いよせるためには、どんな口実も言いのがれもできる。さらに危険なのは、完全に不法で、しばしば犯罪でさえある活動を、イスラームの正当化の都合のよい光のもとに置いて「概念化しなおし」、構成員の精神構造のなかに根づかせることである。このようなやり方がムスリムの権威からは全面的に糾弾されているにもかかわらず、テロリスト組織は民衆の無知、無教養、貧困につけこんで繁栄を続けている。

　このようなことが起こっているほとんどの国は、人間開発指数［各国の社会の豊かさや進歩の度合を測る経済社会指標として国連開発計画が設定］が非常に低く、宗教の論理がフル操業している。金銭を不浄と考えることにくわえて、多くの人々が生涯みじめな状態に甘んじることができるのは、彼らが、神がそれを望んだのだ（メクトゥブ、運命）と信じ、あるいは神の試練（ミフナ）だと信じているからだ。若者の大多数がこの世でももっとよい暮らしをしたいと望んでいても、経済は沈滞し展望が開けないなかで、彼らの多くは、世界の出来事についても彼らに個人的に起こることについても、都合のよい説明をあたえてくれる宗教原理主義のふところに立ち返ることになる。

標的を定めたテロ

　標的を定めたテロとは、ある個人や重要人物の暗殺を意味し、その人物の政治的、社会的、文化的活動範囲のほかの関係者に恐怖の種をまくのを目的としている。このタイプのテロはべつに新しいものではないし、ムスリムの史料編纂官たちは、12世紀から13世紀に軍や宗教界の指導者暗殺を専門にしていたというアサシン派（暗殺教団）によく言及しているが、彼らが唯一の存在ではない。

無政府主義とニヒリズムの遺産

　イスラーム主義組織が標的を定めた攻撃手段に訴えることもしばしばだが、このタイプのテロは19世紀末にさかんに活動していた無政府主義者の影響を受けている。彼らは1894年のサディ・カルノ仏大統領暗殺のように、重要な政治家を襲った。同じ時代に、名士、軍人、政治家、宗教家を狙った無政府主義者やニヒリストによるほかのテロも起きている。

　歴史上もっとも知られているのは、ドストエフスキーの小説『悪霊』（1872年）で有名になったロシアのニヒリストたちで、作家はそのなかで彼らを信仰心も道徳心もない冷酷な無神論者として描いている。同じ意図をもってフランスでも、1905年にツァーの叔父であるロシア大公セルゲイを暗殺したエスエル（社会革命党）をアルベール・カミュが『正義の人々』という戯曲にした。そして最後に共産主義者であるが、もっとも有名なイデオローグの一人レオン・トロツキーが、このテロの特殊な形態について2つの重要な文章を書いている。それを読むと、1世紀以上のへだたりののちに、状

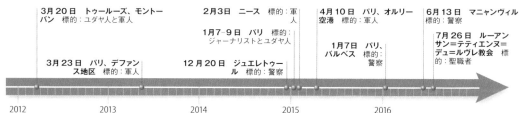

全世界での標的を定めたテロ

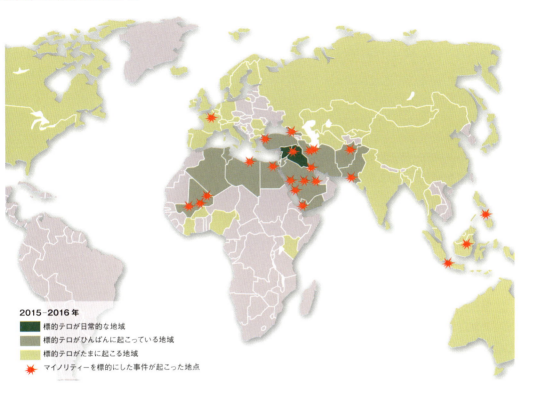

2015–2016年
- 標的テロが日常的な地域
- 標的テロがひんぱんに起こっている地域
- 標的テロがたまに起こる地域
- ★ マイノリティーを標的にした事件が起こった地点

況やイデオロギーの違いにもかかわらず、テロリストの思考がふくむところは変わらないことがわかる。事実、『個人的テロの失敗』（1909年）というわかりやすい題名の最初のエッセイのなかで、トロツキーは、このタイプのテロは現行の体制をくつがえすことができない、なぜならそれは革命家階級に支えられていないからだ、と評している。1911年、『マルキストはなぜ個人的テロに反対するのか』という、こちらも明確な題名の2作目のエッセイで彼は、政治の大物の暗殺はその人物がどんなに重要で行為が目立つものであっても、社会システムを変える効果がないだけでなく反対の効果を生じるだけである、と言っている。というのも国家はその指導者たちに還元されるものではないし、体制のトップといえども、個人は容易に置き換えができるからだ。

知識人を標的にすること

　知識人は一般にテロ組織の標的になりやすいが、それは彼らの立場やオピニオン・リーダーとしての役割、別の言い方をすれば、彼らが発言したり、書いた

り、出版したりすることが世論にあたえ
ると考えられる影響のせいだ。フランス
におけるこうしたテロのもっとも象徴的
な例は、2015年1月初旬にシャルリ・
エブド誌のジャーナリストたちが殺害さ
れた事件である。

　「個人」的に標的となっていたのはと
くに編集長のシャルブで、彼の描く預言
者ムハンマドの風刺画がジハーディスト
たちに冒涜的だと思われていたために、
数年前から殺害のおどしを受けていた。
しかし標的にされていたのは彼だけでは
なかった。2015年2月初頭、優先的な
標的としてフランスのムスリムのイマー
ム（指導者）たちのリストがISの支持
者のソーシャルメディア上に流れた。こ
うした脅迫があったため、パリ郊外ドラ
ンシーのイマームのような何人かのイマ
ームは、数年前から警察の保護下にあ
る。

　2016年6月、あるテロリストがフェ
イスブック上で、自分がその直前に殺害
したばかりの警官夫婦の家から生中継を
発信したことがあったが、彼はISを名
のり、ジャーナリスト、知識人、議員ら
を殺すと叫んで、そのうちの何人かの名
前をあげた。彼のパソコンにあるリスト
には、その他の名前、とくにアーティス
トらの名もふくまれていた。

　とにかく、死刑宣告のファトワ（宗教
見解）がソーシャルメディア上に規則的
に流れている。ときには端的に、おもに
進歩派の知識人や解放されたムスリムの

女性を狙った殺害のよびかけもある。だ
が、偽名を使って身を隠し、ワールドワ
イドウェブの大量のユーザーのなかにま
ぎれこんでいるため、こうした憎悪のメ
ッセージの主はめったに訴追されること
がない。

標的にされる少数派

　「マイノリティー」という言葉が普通
意味するものが、テロ組織には、ムスリ
ム共同体（ウンマ）の統一性への侵害と
解釈される。文化の多様性の名のもとに
保護されるべきものが、信仰の統一の名
のもとに攻撃される。また、同じムスリ
ムのほかの宗派への迫害が、ISのよう
な組織とは不可分だ。アル・バグダディ
の信奉者である原理主義者たちは、「ア
ッラーの唯一性」（タウヒード）以外の
信仰を受け入れず、「先達（初期イスラ
ームの時代）」（サラフ）の道だけが正当
であるとして、唯一の聖なる真実の存在
を信じている。ムスリムのほかの宗派の
信仰は、スンナであろうとシーアであろ
うと、正しい信仰を行なわない者と決め
つけられ、不信心者として攻撃される。
彼らに対する攻撃は、非ムスリムに対す
るより厳しいが、それは反乱（フィト
ナ）を起こす危険や信仰を堕落させる危
険があるからという理由で、ISの戦闘
員たちは彼らをそのことで告発する。同
じ組織内でも何度にもわたる虐殺で何十
人もが命を奪われた。あまり狂信的でな
いメンバーは削除して、ISの「教義方

針」に忠実な者だけを残そうという、真の粛清である。

　ほかの宗教、つまりキリスト教やユダヤ教にかんしては、ISは中世に見られた最悪の慣習を現代にもってきた。アラブ人をふくむユダヤ教徒とキリスト教徒を内敵とみなし、否応なく服従させなければならないと考えるISは、彼らにズィンマ（庇護）という差別的な規則を適用するが、それはいつも、新たに制圧した町のユダヤ教徒とキリスト教徒に、中世の時代ムスリムの征服者があたえることになっていた次の３つの選択肢をあたえるものだ。イスラームに改宗するか、町を去るか、庇護のための特別税（ジズヤ）を払うか、である。それ以外の宗教の信者や無神論者の選択肢はもっとかぎ

られている。改宗するか、虐殺されないように逃げるか、奴隷にされるか、である。これがヤズィード派の共同体の一部に起こったことだった。ISは彼らを異端の宗派とみなし、皆殺しにするとおどしながら、徹底的に迫害したのだ。

　西欧はこのマイノリティーにメディアによる派手な関心をよせたが、かえって彼らを「西欧の手先」のように見せるばかりで、状況をさらに悪化させただけだった。もっとも問題だったのはキリスト教徒の場合で、西欧は彼らに救いの手を差し伸べるにあたって、宗教上のアイデンティティを前面に出した。そうすることで非常に昔からあった複雑な紛争の原因に、かなり宗教的性格をあたえてしまったのである。

126・財源と資金調達

無差別テロ

　ボコ・ハラムによるものであろうとISであろうと、方法と場所の選択によってはテロの犠牲者は数百人に上る。最大限の犠牲者を出そうという意志は、だれの目にも明らかだ。爆発物も、1人でも多く殺害できるよう設計されている。

市街地でのテロ

　ここ数年のテロリストの行為を見ると、大量虐殺テロが増えているのがわかる。2015年11月のパリでのテロなどがその例だが、これはべつに新しい傾向ではない。過去にもいくつかの国で起こっている。たとえばサウジアラビアのコバールタワー事件（1996年）、エジプトのルクソールのテロ（1997年）そして、インドのムンバイ同時多発テロ（2008年）などだ。毎回、テロリストは都会の真ん中を利用して巧みに群衆にまぎれこみ、犠牲者を1人でも多く出し、恐怖の種をまこうとした。皆、大都会の群衆と匿名性に頼んで、見つからないように卑劣な犯行を行なうのだが、こうした行為は、テロ組織が都市や市街地をとくに狙って、集団的な恐怖や不安をひき起こそうとしているのを示している。事実、大量虐殺テロからわかるのは、敵地のもっとも脆弱な中心部を直接襲うのがもっと

資料：グローバル・テロリズム・データベース（GTD/START）

4月2日　ケニア
ガリッサ大学の大虐殺
死者152人

6月26日
チュニジア
スースのテロ
死者38人

1月3日-7日　ナイジェリア　ボルノ州バガの大虐殺　死者200人

2015

無差別テロ・127

全世界での無差別テロ

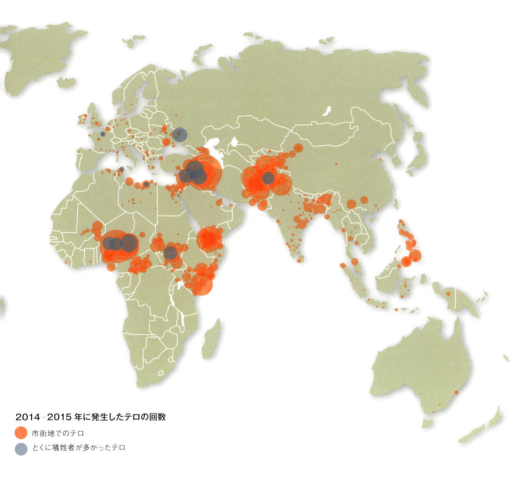

2014–2015年に発生したテロの回数
- 市街地でのテロ
- とくに犠牲者が多かったテロ

10月10日　トルコ　アンカラのテロ　死者 102 人
10月31日　エジプト　ロシア機テロ　死者 224 人
11月12日　レバノン　ベイルートのテロ　死者 42 人
11月13日　フランス　パリのテロ　死者 130 人
3月22日　ベルギー　ブリュッセルのテロ　死者 35 人
7月14日　フランス　ニースのテロ　死者 84 人

2016

も容易で、かつもっとも効果的だということだ。こうした人口密度が高い地域では、テロ行為がひき起こす不安は、市民のパニックを前にしての麻痺状態といえるほどの当局の機能不全、テロの結果処理のため緊急の行動をとらなければならないこと、メディアの圧力、集団的な恐慌状態があいまっていっそう大きいものとなる。

劇的なテロ

このタイプのテロでは、時と場所とターゲットの設定が、その衝撃の強さに決定的な影響をあたえる。市場、ショッピングセンター、小学校、中学や高校、大学、スタジアム、劇場などでのテロは衝撃が大きい。また、内部でのメディア化（テロ行為は一般にテロリストたち自身によって撮影される）と外部への拡散（メディアや連続放送のニュース専門チャンネルによってリアルタイムで放送される）は、心理的にも政治的にも効果を増大させる。また、この都市型テロはあたえる効果が事件のときだけでなく、毎年の記念日で思い出されることで、大衆の関心を長く引き止めることができるという戦術でもある。事実、過剰なまでのメディア化は、犯人が宗教との関連を宣言し命を落とす覚悟だったことと結びついて、行為と犯人を神話化するのに貢献している。こうして、テロリストにとっては、「トゥールーズの戦い」（2012年3月）や「パリの戦い」（2015年11月）

は、1人、または少人数のテロ行為が、2001年のビンラディンのように、国家や世界の流れを変えることができる可能性を示した。

大量虐殺テロの心理的、政治的影響は、実際の効果と犯人の重要性に照らして見ると、途方もない広がりをもつ。言い換えるなら、テロそのものは国全体の死活にかかわる脅威でなくても、それが社会にあたえる衝撃はいちじるしく、個人にも集団にも劇的な影響を生じる。テロ行為は、激烈さで人目を引いて、なによりも人々の心に傷跡を残すことをめざすのだ。2001年9月11日のテロ以来、イスラーム主義テロリズムが選ぶ手段は、形態や状況（空中、地上、海上）はさまざまでも自爆テロでありつづけている。

フランスでの大量虐殺テロは、社会のひび割れや分裂を明らかにする作用をした。2015年1月のテロの後、国が団結を表明したにもかかわらず、「わたしはシャルリではない」と感じている人々も大勢いた。2015年11月の同時多発テロ事件の後に起きたことは逆だった。フランス国民がこぞって衝撃を受けているのに、政治の反応は不安定で、ときにとげとげしくさえあった。しかし2016年7月14日のニース事件で転機が訪れた。何人もの責任ある立場の人々が公然と政府を批判し、多くの専門家たちが警察の機能をあらためて問題とした。そしてとうとう、外国人やイスラーム教徒に対す

る嫌悪の発言が解禁となった。9.11以降のアメリカ人のように、フランス人は激しく反応し、ときに疑問の余地のある決断をした。緊急事態法の施行、好戦的な言論、軍の活動についての大々的な報道、報復や復讐の論理、力の誇示、自由を侵害する法律が続いた。

130・財源と資金調達

自爆テロ

イスラーム主義組織が「カミカーズ」[日本の神風から、フランス語でむこうみずな行為、自爆行為をさす] という行動様式を発明したわけではないが、彼らはこれを、地域の文化によりよく同化させるようイスラームの言葉で言いなおした。したがって「カミカゼを実行する者」はすべて「殉教者」とよばれ、彼らの自爆テロは「殉教の行為」と評価される。使われるアラビア語はシャヒードで、証人という意味と自己犠牲という意味がある。現実に、シンプルで効率がいいということでテロリストには高く評価されている戦法の一つだ。

殉教の崇拝

殉教の考えは、3つの一神教（イスラーム教、ユダヤ教、キリスト教）のどれでもはっきりと承認されているが、とくにイスラームでは、コーランが殉教者を預言者たちや聖者たちと対等に位置づけている。ムスリムの注釈者は、神の褒賞を詳細に述べて殉教のメリットを説明する。殉教者はすべての罪を赦される、まっすぐに天国へ行ける、頭上に冠をかぶせてもらえる、72人の処女の天女（ウリ）と結婚できる、近親者70人がアッラーにとりなしてもらえる。そのうえ、殉教者は死んだ後も「生きている」（アフヤー）とみなされるので、この意味で彼らの魂は消えずに肉体だけが崩壊する。注釈者によると、殉教者の魂は直接空に昇ってアッラーの玉座のそばへ行き、そこで肉体をとりもどして生き返る日を待つ。殉教者の死は、家族への栄光となるので、家族は慰められるよりむし

ろ祝われるべきなのだ、なぜなら殉教者の死は共同体全部を清めるからである。中世の歴史家たちは、自分の子どもを殉教させた神に感謝し、悲しみや喪に沈むことを拒否するさまざまな母親の話を伝える。もっともよく引用されるのは、アラブの高名な女性詩人アル・カンサで、息子を4人戦闘で失ったが、彼らをイスラームの殉教者として誇りとした。この考えはイスラームの2つの大きな分派のどちらにもしっかり根づいている。スンナ派にとって殉教の象徴的な人物は、預言者ムハンマドの父方の叔父で、「殉教の殿」（サイイド・アル・シュハーダ）として知られるハムザ・イブン・アブドゥル・ムッタリブである。ムッタリブは、625年、メディナのムスリムがメッカの敵に敗れたウフドの戦いで倒れた。シーア派のムスリムにとっては、ムハンマドのいとこアリーの子孫が殲滅されたカルバラの戦い（680年）が関係してい

自爆テロ・131

自爆テロと殉教崇拝

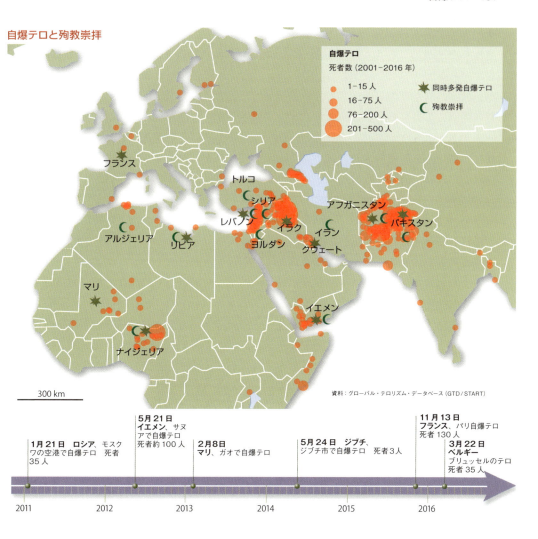

る。毎年この戦いの記念日は、シーア派のアーシューラー［イスラーム暦１月10日、アリーの第２子フサインがウマイヤ朝軍に虐殺されたとされる重要な祭礼の日］という殉教追悼の日である。

スンナ派でもシーア派でも、こうした崇拝が新しいジャンルの文学を生んだ。テロで殉教者とされた戦闘員たちを称賛するために、聖人伝と同じ流儀で記録された、記述やビデオの形の遺書や物語である。参考にしているのは、イスラーム初期に布教のために書かれた、預言者ムハンマドの人生と軍事活動（マガーズィー・アイ・ラスール）を物語る「伝記」（アル・スィーラ・アン・ナビーユ）である。こうした神話化はアブドゥラ・ア

ザーム（1989年死亡）やアブムサブ・アル・ザルカウィ（2006年死亡）やオサマ・ビンラディン（2011年死亡）など、殺害されたどのジハーディスト指導者の死後にも見られた。彼らは皆、ジハーディスト文学において「殉教者」（シャヒード）として尊敬され、ほめたたえられている。

「殉教者作戦」

2011年5月のビンラディン殺害に答えて、アルカイダの最高指導者はイラクとアフガニスタンにいるアメリカ人に対し、100人以上の殉教者を投入すると予告した。5年後の2016年、ISのスポークスマンは、1000件を超える殉教者作戦についての犯行声明を公にしたが、そのなかには2016年3月のブリュッセルや2015年11月のパリもふくまれる。

ISの主要戦力は市街地のゲリラ戦を専門にする旅団と自爆行為をする旅団（殉教者旅団）の戦闘員で構成される。この2つの要素の組みあわせには、確実なメリットがあり、その有効性はすでにイラクでもシリアでも実証ずみだ。実際、戦闘員が、死を覚悟してることが戦術上の利点となり、かつてないほど精巧なテロ行為が行なわれている。ISは「殉教者部隊」を使って、敵地深く入りこみ、実効性のある行動をさせるのだ。それには突撃隊と同時に遂行される自爆テロで成り立っていて、複数の入り口や方角から入って重要な建物や公共機関を制

圧したり、あるいは標的の中心を破壊することで地上攻撃を押し戻したりする。作戦だけに視点をかぎれば、同種の武力攻撃のほかのタイプに比べてなんら新しさはないようだが、彼らが行なう大量の自爆テロは敵を動揺させ、恐怖感をあたえている。市街地でのゲリラ戦の形態ではなく、ISの殉教者たちはむしろアサシン派（ハシャーシーン、暗殺教団）とよばれる中世の一派を思わせる。そのメンバーは初期のムスリムテロリストで、個別の攻撃行動テクニックを用い、自殺によって自分たちの存在を世に知らしめようとした。

モースルでのカリフ制宣言2周年のとき、ISの「公安局」（ディワン・アル・アムン）は、2014年6月から遂行しているテロ行為のタイプについての概要を配信した。このリストを見れば、おおよそのテロリストの行動範囲をつかむことができる。

(1) 同じ標的に対する殉教者数人による同時攻撃

(2) 同じ標的に対する時期をずらしての攻撃

(3) 殉教者数人による異なる場所での異なる標的に対する攻撃

(4) 殉教者をおとりに使って軍が安全確認や救助をしているあいだに大規模な攻撃をしかける

(5) 軽火器による攻撃の後に自爆テロが続く、または自爆テロの後ロケット弾発射

⑹　あらかじめ確定し、監視し、計画を練ってある標的への自爆テロ

⑺　あらかじめ決めた標的も計画もない、いきあたりばったりの自爆テロ。殉教者は爆弾ベルトを巻いて徒歩で歩きまわるか、爆弾をしかけた車を乗りまわしていて、大量の犠牲者を出すのに適切だ、と判断したとき自爆する

それぞれのタイプの作戦に、テロリスト組織は最大限のメディア露出を命じ、メディア空間を占領して、大衆をはらはらさせて、注意を引きつけつづけることの必要性を強調する。

このように時機とメディアがテロリスト組織の戦術目標であるようだ。自爆テロそのものは、むなしい行為であって、現状を根本から変えることはできないが、個人としての犯人は、つかのまでも名を知られることになるし、組織は存在を目立たせることができる。大衆がこの種の行為にぎょっとさせられながらも不健全な興味を示すという事実は、スペクタクルを好む社会の存在の証だろうか。

134・財源と資金調達

支持者と共鳴者
パルチザン　シンパ

「イスラーム国」建国の後、それを承認した国家も、公然と支持している国家も一つとしてない。すべての国々が、彼らの国内における暴政と、国外におけるテロ行為を非難している。しばしば彼らに対する支持や共感をとがめられたことのある周辺地域の国々（トルコ、サウジアラビア、カタール）も、いまや彼らの優先的な標的にくわえられた。2014年以降、1週間に1度はそれらのうちのすくなくとも1国が標的となったテロが起こっている。にもかかわらずそれらの国々の考えはあいまいなままである。

支援と同盟

周辺諸国へ向けられた批判と疑念をよりよく理解するためには、公式の支持と非公式の支持を分けなければならない。ISに対する支持を表明してはいないが、彼らの言い分と目的は理解できるとする国もある。それらの国々はISの台頭という現象を、2003年のアメリカによるイラク侵攻、スンナ派が疎外されていること、シーア派の民兵による略奪などをあげて、歴史的かつ地政学的に説明する。こうした説明をしばしば地域の民衆は、暗黙の支持のメッセージであり、彼らがISに参加して戦うことの正当性を認めるものであると受けとめる。ここでまた、事実上の同盟関係と、間接的な支持に似ているがそうではない客観的な同盟関係を区別しなければならない。事実、2014年6月のモースル制圧以来、だれからも支持されないとはいえ、ISは好都合な状況を利用して、スンナ派が大部分を占めるイラクとシリアの地域に影響力を維持することが可能だった。間接的に、あるいは直接相手に働きかけることで、ISは「敵の敵は味方」という

IS にかんする各国の立場

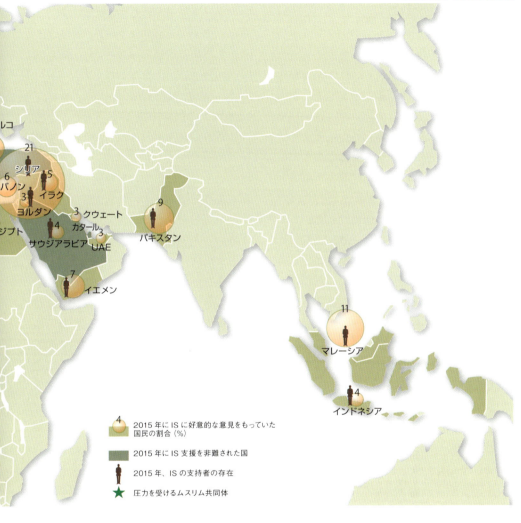

地政学的計算の果実を収穫していたのだ。たとえば、ISが対立する国内の別の武装グループと戦うときは、反政府勢力をテロリストとよんで攻撃しているシリア政府の事実上の味方となるのである。同様にロシアがこの反政府勢力を爆撃するとき、ロシアはISの客観的な同盟関係にあることになる。そしてISの陣地を爆撃するとき、西側諸国は、反シリア政府武装グループのいくつかを支持しつづけていたとしても、ロシアやイランの事実上の同盟国となる。つまり、戦略地政学の計算の皮肉と、地域の住民のための政治的代替計画のなさが、犠牲に

なる住民へのテロ組織の支配が維持されるのに寄与している。

被告人席の国々

　トルコは軍事的にISと戦う有志国連合の側に立ってはいるが、シリアとの国境を十分に警備しないで外国人戦闘員を入国させたり、ISに資金を調達するさまざまな不正取引に目をつぶるなどといった共謀を疑われている。テロとの戦いにおけるトルコの役割もまた、ISに対する地上戦で西欧諸国側に立っているクルド族に対する立場などの点からあいまいだとされている。サウジアラビアも同様で、現在はISと戦っているのであるが、このような怪物を作ったことを非公式に、またときには公然と非難されている。たしかに、サウジアラビアの国教ともいえ、同国が1970年代からとくに推進してきたイスラームの原理主義（スンナ派復古主義）的解釈であるワッハーブ派サラフィー主義は、サウジアラビア人ビンラディンが設立したアルカイダからはじまって、そこから大いに影響を受けたISまで、大部分のテロ組織の源泉である、というのが多くの意見である。サウジアラビアと同様、カタールも西側諸国の首脳の一部から、イスラーム主義者たち、とくにISとの共謀を非難されているが、サウジアラビアとは逆に、しかももっと悪いことに、カタールが疑われているのはイデオロギーの共有ではなく、テロへの資金調達である。この非難

はたび重なる抗議にもかかわらず消えないので、カタールはこのような非難を公然と広めているあるフランス人極右政治家を告訴するにいたった。

指さされる共同体

　アラブの国々を悩ませる疑惑や非難は、西欧で暮らすムスリム共同体にも影響せずにはいない。さまざまな理由で、彼らはしだいに自分の出身国と同一視されるようになる。その所属が事実でも想像上のものであってもだ。猜疑心が外国人嫌いや人種差別、イスラーム憎悪という形で現れ、それがはねかえって、疎外感を感じた都会の「デリケートな」地区出身の若者の一部が過激派のメンバーに転落するという事態が起こる。ムスリム共同体がテロ反対の大規模な意思表示をすることがないため、世間には彼らを過激派と同類であるとみなす考えが定着してしまう。だがそれだけでなく、ムスリムに関係した事件が集中的にメディアでとりあげられ、安全の問題が政治家の道具として使われることが、関係をさらに悪化させている。ムスリムの圧倒的多数は、厳格に掟を守っているわけではなく、十分に世俗化しているにもかかわらず、メディアや政治家はあいかわらず彼らのアイデンティティを定義する特徴として宗教への所属を指摘しつづけている。

　政治家や知識人のあいだには、感情にかられたままムスリム共同体による宗教

的アイデンティティの主張を非難しながらも、共同体の責任者に対してはムスリムとしての意見表明を要求するといった、矛盾ある言動もみられる。政教分離の名において、「ほかの人々と同じような市民」でなければならない一方で、ムスリム共同体は出身と文化を理由に、（ふつうの国民ではなく）「フランスのムスリム」としてふるまわなければならないといっているのだ。この矛盾が、すべての人の平等への配慮と共同体の違いという客観的状況のあいだで動揺する、双方の反応や位置どりのあいまいさを説明している。

テロリズムと過激化[ラディカリゼーション]

　もっぱら公共の安全というプリズムをとおして分析すれば、過激化をテロリズムと切り離すことはできない。だが、そのことで両者の本質的な区別、過激化は「過程」であり、テロリズムはその「産物」であることを忘れてはならない。過激化は上流に、テロリズムは下流にあって、つまり一方は他方にいたるのだが、かならずしもそうなるとはかぎらないのだ。この違いは認識の点できわめて重要である。というのも両者において、主人公が同じではない。一方は過激化の行為者であり、他方は暴力の媒体だ。この微妙な違いを意識することで、過激化が進展して、極端な暴力や実際のテロ行為となるのをたどることが可能になる。だがもっともむずかしいのは、その識別の基準と過激度を測る尺度を決めることである。とくに民主主義の社会では、政治、文化、自己表現についての自由な言動が、容易に過激化に類似してしまうからだ。

過激主義と過激な暴力主義

　フランス語のradicalisation（過激化）の語源は、「根、起源」を意味するラテン語のradixである。形容詞radicalは、後期ラテン語で、現存のものを白紙に戻して起源に戻ることをめざすあらゆる行為を表すradicalisから来ている。したがってradicalisationは、考えとしても行動の点でも妥協を拒否し、個人のレベルでも社会のレベルでも根本的な浄化をめざすことである。この原理主義的意志がイデオロギーの過激さと極端な暴力が結びついた行為となって現れる。

過激化の過程

　過激化の過程においては、神学的定義と実際の認識とを分けるほうがいい。実際、ヴェールの着用のように、たんにアイデンティティの表現である場合でも、宗教的過激化の現れであると受けとめられてしまうことがよくある。「見た目の過激化」の例は事欠かず、それがしばしば拒否反応、決めつけ、さらには差別をひき起こし、それが逆にあらゆる種類の過激化を生み出している。これが意味するところは、過激化の分析には集団の意

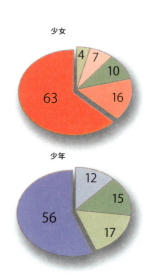

過激化のおもな要因

青少年が過激派にかかわるようになった動機

パーセンテージ　対象234人

- 保護を求めて
- シリア政府に毒ガスを浴びせられた子どもたちを救う役に立つと思った
- 「イスラームのほんとうの価値」がいきわたる土地への移住（ヒジュラ）
- 冒険を求めて、別のもっと崇高な共同体を求めて
- 闘い、アドレナリン、対立を求めて
- 絶対権力を求め、ダーイシュに忠誠を誓わない人々をすべて殺すため
- シリアで死んで家族が救済されるように

資料：イスラーム関連セクト偏向防止対策センター（2015年）

識を考慮に入れなければならないということだ。言い換えれば、その時点の世論の状況、過激と思われる表現や行動について人々がどれだけ寛容か、を見るべきだということである。たとえば、労働組合活動において暴力に訴えることは、いまだにいくつかの業種でかなり行なわれているとはいえ、フランス社会において徐々に受け入れられなくなっている。

　イスラーム主義の過激化については、その過程において、一般に３つの段階がみられる。まず導入、それから教化、最後に暴力行為が来る。教化は、しばしば「自主過激化」[オートラディカリザシオン]の形をとり、いまでは過激化した若者の主要な媒体となったインターネットを介して行なわれる。実際、ネット上での教化と人員募集は近年非常に増えた。ソーシャルメディアが、いまや人集めや同じ過激思想を共有する人々をつなげる強力なツールとなっている。モスクや「コミュニティーセンター」は、監視がますます強まっているため、個人の過激化の過程に決定的な役割を果たすことがだんだん減ってきた。

過激化した人々のプロフィール

　過激化しやすい人には特徴がある、という考えは単純すぎる、と思われている。その逆に特徴はないと主張する立場にもまた議論が多く、反論は専門家によってまちまちで多岐にわたるが、学術文献には次のようなプロフィールがある。「実践的特徴」として新生[ボーン・アゲイン]（宗教体験

でよみがえった）の犯罪者、熱烈な改宗者（イデオローグ）、改悛した犯罪人（勧誘員）。「社会学的」特徴として、崩壊しているため、あるいは再構成されたために権威不在の家庭出身者、暴力的あるいは狂信的で過激な権威の存在する家庭出身者。そして最後に「心理学的」特徴として自己顕示欲、過敏な感受性、偏執的、絶対主義、憎悪、パラノイアなど。特徴について専門家のあいだで意見の一致がないので、「行動による輪郭づけ」をしてみることにすると、そこに過激化した個人のいくつかの共通点が見えてくる。彼らが参加しているのがイデオロギーの異なるグループや運動であっても同じだ。

(1)　いかなる妥協にも反対する
(2)　自分が唯一の真実をにぎっているかのように行動する
(3)　目的を達するためには、暴力に訴え、そのことを正当化する
(4)　意見の相違や異論に対して不寛容
(5)　敵を悪魔よばわりし、絶対的悪とする

動機

　過激派組織にくわわりたいと望む青少年の動機については、数多くの研究がある。どの研究も、インターネットのプロパガンダをとおして虚偽のイメージをもってしまった青少年の誤った知識を強調する。だが同時に、不公平、疎外、迫害から生じる個人個人の深い動機や、たん

142・テロリズムと過激化

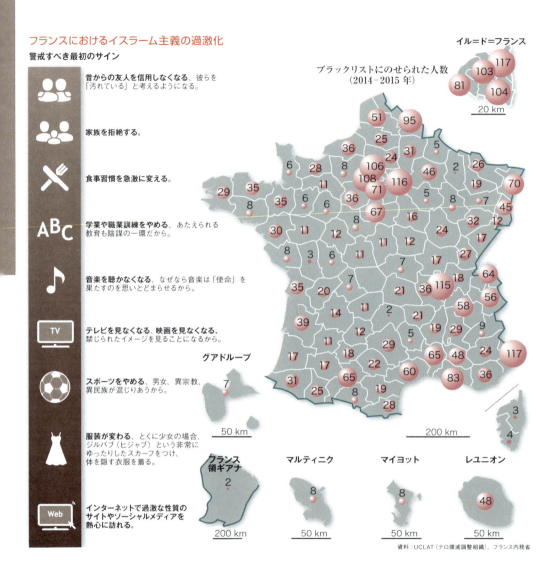

フランスにおけるイスラーム主義の過激化

警戒すべき最初のサイン

- 昔からの友人を信用しなくなる、彼らを「汚れている」と考えるようになる。
- 家族を拒絶する。
- 食事習慣を急激に変える。
- 学業や職業訓練をやめる、あたえられる教育も陰謀の一環だから。
- 音楽を聴かなくなる、なぜなら音楽は「使命」を果たすのを思いとどまらせるから。
- テレビを見なくなる、映画を見なくなる、禁じられたイメージを見ることになるから。
- スポーツをやめる、男女、異宗教、異民族が混じりあうから。
- 服装が変わる、とくに少女の場合、ジルバブ（ヒジャブ）という非常にゆったりしたスカーフをつけ、体を隠す衣服を着る。
- インターネットで過激な性質のサイトやソーシャルメディアを熱心に訪れる。

資料：UCLAT（テロ撲滅調整組織）、フランス内務省

に自分の国で退屈しているとか、犠牲になっている子どもたちを救ったり、市民を援助したりしたい、さらにイスラーム教とムスリムを擁護したいといった、集団のなかにある潜在的動機をあげる。この2つのタイプの動機は、フランスで調査されたケースの50％以上で両方が存在し、ジハード、ヒジュラ、神のとりなしを目的とした文字どおりの宗教的な動機は、15％程度に止まった。少年の場合も少女の場合も、心理的な動機と人道的な動機が、自己の存在理由の探求と革

命精神が結びついた思春期の個人的な反抗の過程のなかで入り混じっている。確かなのは、過激化の過程の中心には政治的立場の選択があり、その先鋭化によって徐々に、あるいは突然に、不寛容から暴力行為への関与に進むことである。

　信仰が政治化するとイデオロギーになり、残虐な行為を正当化するのに利用されるようになる。青少年の多くには宗教の知識がないことから考えると、彼らの過激化の過程はしばしば不寛容への偏向と同一視できる。

改宗と過激化

過激化した者の半数近くが改宗者だ。改宗者の数は近年増える一方で、それまでムスリム社会あるいはムスリム共同体特有の問題と考えられてきた現象を世界規模のものにした。いまやあらゆる共同体や国で、青少年の一部の過激な教義や行動への転向がみられる。

改宗者の熱意

改宗はおおむね「内発性のもの」と「外来性のもの」に区別できる。前者はイスラーム内部で起こる改宗で、すでにムスリムである個人が一つの宗派から別の宗派、あるいは一つのイスラーム教義から別の教義、多くはより過激でラジカルな教義へ移ることである。後者は、無

神論者あるいはキリスト教、ユダヤ教、仏教などほかの宗教の信者が、イスラーム教に改宗することである。改宗に続いて過激化した者の、以前の宗教にかんして、手に入れることのできた数少ない調査例によると、出身家庭の宗教は、それぞれムスリム、キリスト教、無宗教（無神論）とで、ほぼ同じ割合（約30％ずつ）

外国人戦闘員の割合

国	シリアにいるジハーディストの人数	国内のムスリム人口
ロシア	800	16 300 000
フランス	500	4 700 000
イギリス	500	2 800 000
ベルギー	400	4 100 000
ドイツ	250	400 000
オーストラリア	250	600 000
オランダ	200	900 000
アメリカ	150	2 500 000
デンマーク	90	200 000
アイルランド	80	140 000
スウェーデン	80	40 000
ノルウェー	40	450 000

2015 年推定

■ シリアにいるジハーディストの人数　　● 国内のムスリム人口

資料：ピュー研究センター（Pew Research Center）

外国人戦闘員の出身国

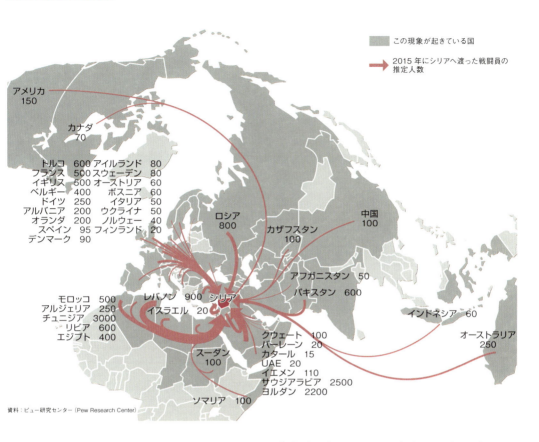

資料：ピュー研究センター（Pew Research Center）

だった。ユダヤ教や仏教はたったの２％である。

　どのケースでも、過激化はふつう、目に見える。なぜなら、それとわかる変化をともなっているからで、いままでと違う行動（態度の変化、新しい交際関係）、思いがけない反応（自国に対する怒りや恨みの表明）、イデオロギーの過剰な重視、あるいは過激（またはテロ）組織の支援、過去と完全に断絶した新しいライフスタイル（これは突然、不可解な現れ方をする）、ふだんつきあいのある仲間内、あるいは外部の人に対して、いわゆる宗教を理由にしての言葉や身体による攻撃性を示す（ある食べ物を食べることやある飲み物を飲むことを拒否し、周囲にも禁じる、など）といった形で現れる。集められた証言がそろって強調するのは、改宗者が「ムスリムよりもっとムスリムに」なりたがっていたことだ。そこで、自分の信仰の真摯さや純粋さを証明したいという欲望、受け入れられ、信

者の共同体に完全に同化したいという願いが、彼らを過激な思想と態度に導くことがよく起こる。たしかに、改宗者がしばしばテロ組織から、戦闘員の小隊の指揮や、同国人を処刑するのに選ばれることが多いのだが、それはほかのメンバーが躊躇するようなことも、彼らは熱意をもって実行するからなのだ。

外国人戦闘員

「外国人戦闘士」現象はアフガニスタン紛争（1979-1989年）にはじまり、シリア内戦（2011年-）まで、途中ボスニア内戦（1992-1995年）とそしてイラクでの紛争（2004-2006年）をへて観察できるが、2013年からはISの台頭とともにかなりの割合となり、同組織の外国人戦闘員は最盛期には約100カ国からの3万人を数えた。それはこの組織がとくにこのタイプの戦闘員に的をしぼって、スピーチを脚色し、被害者意識、異議申し立て、革命精神の混合に立脚した独特のプロパガンダを展開したからである。また、ユダヤ人のイスラエルへの移住（アリーヤー）のモデルの上にイスラームの移住（ヒジュラ）の神学理論を展開する。さらに外国人志望者には、住居、給料、配偶者といったさまざまな特典をあたえるので、これが西洋にしろ東洋にしろ、多くの若者たちの目に非常に魅力的に映るのだ。

ジハード主義の流れに関係しているフランス人の合計は2000人ほどに上るが、ISに所属しているフランス人の数は2013年からあまり変化がなく、男女合わせて500人ほどである。もっとも増加しているのは、「出発の計画がある」人々だ。しかしながら、シリアに出発する「意志」を根拠に逮捕しても、動機やモチベーションにかんする根本の問題の解決にはならない。フランスはヨーロッパのなかでも、ISにもっとも多くの戦闘員を送り出している国だが、全人口比で見るとベルギーのほうが多い。次にイギリス、スペイン、ドイツ、イタリアが続き、それぞれが500人未満である。しかし、絶対数でも人口比でも、アラブ諸国やムスリム諸国に比べると、フランスの順位ははるかに下がる。チュニジアは2013年から2016年のあいだに3000人以上の戦闘員をISに供給しているが、同国の推計人口は1100万人である。そしてほかのマグレブ諸国もフランスより多くの戦闘員を提供しているが、全人口はずっと少ない。

信仰の秘匿の実践

過激化する人たちは、改宗したからといって皆かならずしもその兆しを外に表すとはかぎらない。数年前から、彼らはテロ組織からターゲットとした社会のなかによりよく入りこめるように、信仰の秘匿（タキーヤ）という原理を利用することを奨励されている。この初期のムスリムの歴史から受け継がれた原理が、現代の状況に応用され、心理的戦術の一つ

となっている。これにはいくつかのパターンがあって、言わない（キトマーン）、見せない（タウリーヤ）、いつわる（キッダーバ）、策を弄する（ヒーラ）、順応する（ムルーナ）である。秘匿で重要なのは、見破られることなく目的を達することだが、決して信仰を否認するのではなく、忠誠をすてることもない。

　信仰の秘匿はいまや、シーア派テロ組織でもスンナ派テロ組織でも同じように奨励されているが［タキーヤは一般にはシーア派のなかの十二イマーム派やドルーズ派に特徴的な教義］、教義の点からは問題視されつづけている。実際、個人が信仰のために死ぬ覚悟ができているなら、秘匿することなく自分の行為の責任を引き受けることができるはずだ。ところが、目的を達成するために、彼の信仰共同体を守るのに有効なあらゆる手段をつくすことを求められる、となると、個人の魂の救済と共同体の利益と、どちらを優先させるべきなのだろうか？　この問題はまだ討議中で、グループによって見解や規定が異なる結果となっている。

過激化の流れ

テロを起こすのは武装グループで、彼らの行なったテロによって毎日のニュースをにぎわしている。ところが、過激化の主体は特定が困難で、あまりわかっていない。というのもそれは宗派や神学教義の形をとっているからで、故意にまたは無意識に、個人を極端な暴力行為へ引き入れている。

サラフィー主義

サラフィー主義は、フランスやその他の国の多くの若者の過激化の責任を負うものとして、第一線の政治家の言及もふくみ、何度も引き合いに出されている。もっとも古いイスラーム改革主義運動の一で、中世の神学者イブン・タイミーヤ（1328年没）によってはじまった。その支持者たちは「厳格主義者（ピューリタン）」で、「サラフ」（先達）、つまりイスラーム教の最初の世紀（7世紀）の最初のムスリム世代のように生きたいと願った。そこから「サラフィー主義者」の名が来ている。彼らは伝統を重んじ、同時代（現代）に適応するのではなく、敬虔と栄光の理想の黄金時代である過去（伝統）にしたがって社会をイスラーム化することをめざしている。そのためサラフィー主義者のなかには、いっさいの政治活動を拒否する「敬虔派」と同時に、コーランと預言

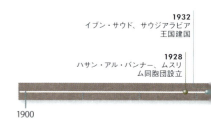

過激化の流れ・149

イスラーム世界のサラフィー主義者と同胞団

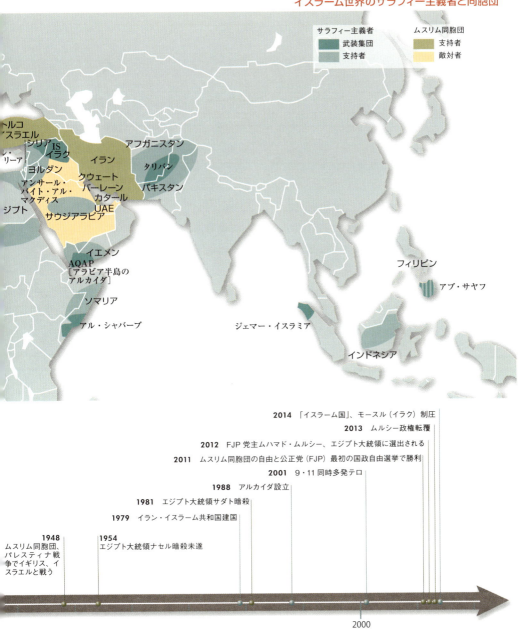

者の伝承のなかにしか救いを見ない「碩学派」や、社会に生き方を強制し、現代における光明のときを考えよ、と強いる「活動派」がいる。テロ組織の信奉者たちはこの最後のカテゴリーである活動派に分類される。「サラフィー主義ジハーディスト」という分派はこの極端な宗派の流れをくむ最新の姿だ。この分派はアラブの春（2011年）の後、シャリーアを適用しようと決め、「シャリーアの支援者」（アンサール・アル・シャリーア）の名をもつ武装グループを次々と生んだ。めざすのは、大多数がムスリムである国において、イスラーム法（シャリーア）をいますぐ厳格に遵守させることだ。この非常に少数派のセクトの出身者のなかには、ヨーロッパのムスリム共同体にもシャリーアの適用を願う個人もいる。だがそうすると2種の法律に従わなければならないことになるので、外国人戦闘員としてISに合流しようとシリアやイラクへ出発したのは、このような人々のあいだにいちばん多い。

ワッハーブ派

歴史的に見て、ワッハーブ派はサラフィー主義の一派である。はじめたのは神学者ムハンマド・イブン・アブドゥルワッハーブ、18世紀のアラビアの人である。これが過激派イスラーム主義者を引きつけるのは、現在のサウジアラビアという安定して長続きする国家の基礎づくりに成功した、最初で唯一の政治的宗教

運動だからだ。豊かな財力と、イスラームの2つの聖地（メッカとメディナ）を擁するアラビアという土地の霊的な魅力のおかげで、ワッハーブ派は世界のあちこちに広がり、ほかのイスラーム主義の宗派に比べて優勢である。だが現在、西欧では、その厳格主義とコーランの字義どおりの解釈が、過激化の要因の一つとなっていると考えられている。

同胞主義

ムスリム同胞団とテロ集団のあいだには、理論上なんのつながりもないはずである。同胞団はハサン・アル・バンナー（1906-1949）によってエジプトで創設されたが、彼が若い頃傾倒したスーフィー（イスラーム神秘主義）の信徒会に由来し、現代に適合するようイスラーム教を改革しようとするものだからだ。しかし、この改革実現の方法にかんして、組織内にはつねに分裂があった。政治界へのあらゆる介入をきっぱりと拒否した人々と、「イスラームこそ解決」をスローガンに、力で権力をにぎることをよびかけた人々である。後者が同胞団のイデオローグ、サイイド・クトゥブ（1906-1966）の名をとって「クトゥブ派」とよばれた一派で、イデオロギー的にテロ組織にもっとも近く、戦闘員を一定数提供したりもしている。そして、2013年のクーデターで同胞団のムハンマド・ムルシー大統領が権限を剥奪されると、クトゥブ派は大挙してアンサール・バイ

ト・ア ル・マ ク デ ィ ス（ま た は、
アンサール・エルサレム
エルサレムの支援者）に合流した。その
１年後、アンサール・バイト・アル・マ

クディスは「シナイ州」の名でISに忠
誠を誓った。

非過激化（または脱過激化）

déradicalisation（非過激化）という単語は比較的新しく、radicalization（過激化）と逆向きの過程を意味する。フランス語ではもう一つ別のdésendoctrinement（非教化）という、危険あるいは不寛容だと考えられる「教義」との闘いを意味する単語が、これと張りあっている。この2つの競合する用語は、テロ予防という慎重さを要する複雑な領域に、さまざまな構想が存在することを教えてくれる。

行動アプローチ

　行動アプローチは、2001年9月11日のテロに続く2000年代において非常にさかんだった。

　このアプローチは過激化した個人の態度や挙動の観察にもとづき、一連の措置やアドバイスを行なって態度の改善をめざすもので、かならずしもその人の信仰や信条を攻撃しない。「他性」を受け入れ、「社会契約」を尊重することを教えこむ教育理論から考案されたこのアプローチは、行動のメカニズムを利用して、過激化によって生じた社会的・人間関係的レベルの現実的な問題を解決するものだ。したがって、専門家は過激化した人物の内面を聞き出そうとするのではなく、対象人物の過激な態度を観察し、有害なふるまいに対して対抗措置（褒賞あるいは処罰）をもって働きかける。害悪をくわえることができない状態におく（隔離、投獄）こともある。このアプローチは英米で好まれているが、ときに、「原因」より「症状」だけを治療する傾向を批判される。また、このメソッドは

教義からのアプローチ

| セクトの特定 | 神学者の関与 | 教義についての討議 | 宗教的再教育 | 改悛者として利用 |

行動のアプローチ

| 反社会的な態度を特定 | そのような態度についての注意喚起 | 悪い行動の処罰 | 良い行動の褒賞 |

| 観察 | 処方 | 隔離 | 刑罰の調整 |

非過激化（または脱過激化）・153

非過激化のプログラム

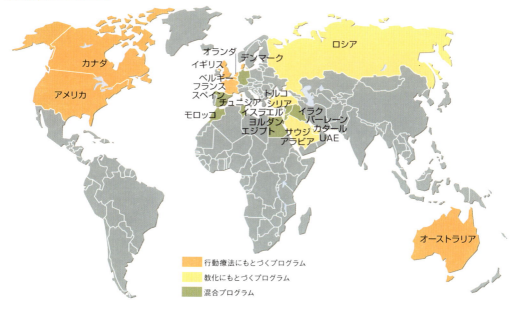

凡例：
- 行動療法にもとづくプログラム
- 教化にもとづくプログラム
- 混合プログラム

「調教」と同じようなもので、過激化した個人の思想的・心理的問題をなんら解決しようとしていない、という批判も受けている。

教義からのアプローチ

「非教化」を進めるために、過激化の専門家は「教義（ドクトリン）」、つまり、過激化した個人やグループが正しいと考えているイデオロギーや宗教的見解を変化させる。イスラーム主義者の過激化の場合は、まず問題となる「教義」を明確にしなければならないし、その信奉者を言葉で形容し、法的に評価する必要がある。たとえば、サウジアラビアやアラブ首長国連邦のようなムスリム国では、そのような教義は「正常でない」と評価され、その信奉者たちは「逸脱者」と非難される。この政体を支持している説教師たちは、ときに、過激化した個人を異端と評価することもあって、異端とされた人物を公の場所で処刑するために当局はウラマー（イスラームの法学者）たちの同意をつのる。たとえ対象となったグループが、その国の公式教義を一部共有していたとしても、グループの内部で国の支配者や宗教権威の判断を仰ぐことなく正当としていたドグマや実践を理由に、異端者宣言することが可能だ。たとえば、双方がサラフィー主義あるいはワッハーブ派の教義の根本の一つを共有していても、問題とされる掟の実践の契機や方式が違うというのである。

ヨーロッパの国々、とくにフランスで

は、教義からのアプローチにおいては、宗教的過激化の事象に、どの党派（セクト）に属するかを読み解けるグリル暗号方式のようなものをあてはめてとらえている。その結果、過激化した個人は、男でも女でも、その組織の偏向の犠牲者だとみなされる。そのため、彼らにはそういた逸脱についての責任はないが、行動の責任を問われることはある。非教化とはしたがって、個人からこのまちがった信念をとりのぞき、より自由で、より非社会的でない方法で信仰を形成しなおすこと、あるいはすくなくともセクトに吹きこまれた残酷で致命的な側面をとりのぞくことである。

混合アプローチ

混合アプローチは、地政学的状況の変化にともなって2000年代に支配的だった反テロ対策の構想と実践を見なおすところから生まれた。実際、アラブの春たけなわ（2011年5月2日）におけるアルカイダの最高指導者ビンラディンの死と、穏健といわれるイスラーム主義者の「正常化」政治参加（2011年から2013年）が、非過激化の過程で「個人に集中すること」と「グループに焦点をあてること」を両立させようとするアプローチに有利に働いた。

さらに、前述の2つのアプローチの「心理学主義」や「社会学主義」とは袂を分かって、混合アプローチの支持者たちは、独自の方法論と正確で客観的であ

るためのいくつかの指標を開発した。科学的であるためには、組織、ネットワーク、細胞にかかわる量的・質的調査にくわえ、個別のケースの差異分析も行なう。

混合アプローチはまた、法律による攻撃手段や過激化に対するカウンタースピーチの製作を奨励する。たしかにいまや、過激化によって提示された脅迫をはばむためには、弾圧的な法律や政策以上のものが必要だろう。多くの国がいままでにも、感化を受けやすい人々を過激化から守るため、そしてすでに過激主義を選んでしまった人を回復させるための予防措置を講じてきた。だが、実際の経験でわかったのは、非過激化の実施は複雑でデリケートだということだった。なぜなら、修正しよう、あるいは無効にしようとしているのは、信仰や革命だと認識された武装闘争という理想に結びついたイデオロギーや態度だからだ。すなわち、このタイプのプログラムを支配する思想は、一般的にテロ組織の過激化の過程の底にある「死のイデオロギー」と入れ替わろうとする「命を愛すること」と他者の尊重に軸を置いた人道的思想なのである。この原理は、世界中の多くの非過激化プログラムで実施されているが、その環境は刑務所、専門センター、開放環境体制［未成年者の家族的共同施設滞在など］とさまざまだ。最終的に、結果はどれだけの人的および物質的な投資をしたかに、大きくかかっている。

ヨーロッパでは、混合アプローチを推

進しているのは、おもに北欧の国々（ノルウェー、スウェーデン、フィンランド、デンマーク、オランダ）である。人的資源と財源の投資はかなり多く、個人の社会復帰というよりむしろ社会の改革に属している。過激化した人物が、テロリスト・グループから抜け出すには、精神的、情緒的支えが必要であるという原則から出発して、共同体の責任者や家族は、非過激化のプロセスにおいて、当局と全面的に協力しあうことになる。一定の場合には、家族は過激派メンバーをつねにとり囲んで行動に気をつけ、なにか変わった出来事やぶり返しの危険があればすべて警察に知らせる義務を負う。

おわりに
第3次世界大戦は起こらないだろう…

近年、多数の宗派、教義、武装グループが、戦うイスラームを標榜してさかんに活動する現象が起きているが、これはムスリムの国だけに固有のことでも特有なことでもない。だが1979年のイランのイスラーム革命にはじまって、政治的イスラーム主義は拡大するばかりだ。

1980年代、一方でアフガニスタン紛争（1979-1989年）、他方でイラン・イラク戦争（1980-1988年）においてイスラーム主義は、西欧列強の承認のもとに発展し武装する機会を得た。だが、1989年のロシア崩壊と1991年の湾岸戦争によって、元ムジャーヒディーンたち［戦士の意味だが、アフガニスタンでは内戦中共産主義政権に抵抗したゲリラ勢力を総称する言葉として用いられた］は、アメリカの、さらに広く西欧デモクラシーの国々の敵にまわった。

さらに、勝ちほこるリベラリズムが、アラブ諸国の脆弱な経済を不況の底に沈め、そのことが最初は疎外され、それから過酷な弾圧を受けていた反対派イスラ

イスラーム主義テロリズムによる把握
- テロリストの聖域
- とくに標的となっている地域
- 潜在的標的となっている地域
- 標的となっていない地域

第３次世界戦争は起こらないだろう…・157

ムスリム世界におけるテロリズムの把握

ロシア

ヨーロッパ

北アフリカ

シリア
レバノン
イラク
イラン
アフガニスタン
パキスタン
オマーン
イエメン

ナイジェリア

フィリピン

インドネシア

多数派である宗派
- スンナ派
- Ⓒ シーア派
- Ⓘ イバード派

おもなテロリスト・グループ
- アルカイダの提携グループ
- ダーイシュ（IS）の提携グループ

組織
- 資金と兵站の流れ
- 外国人戦闘員の流れ

ームに対し、ゆっくりとしかし確実にイスラーム主義テロリズムへの道を開いた。1990年代にアルジェリアに設立されたGIA（武装イスラーム集団）やビンラディンによってアフガニスタン戦争の終わりに創設され、2000年ごろ活発化したアルカイダなどがその代表例である。

　2001年9月11日のテロが転機となって、テロとの戦いが国際関係と国内政治の中心に置かれ、アメリカ政府が開始した「テロとの世界戦争」はすぐに終結を迎えるだろうと期待された。だが、2003年のイラク侵攻が虚偽の理由にもとづいたものだったため、はからずもジハーディスト運動に勢いをあたえ、彼らはそれまでいなかった地域にも進出し、定着することとなった。こうして2004年アルカイダのイラク支部が生まれ、それはまもなく、米軍の占領に反対して蜂起した複数のナショナリストグループと合流した。

　2006年には、1990年代から2000年代、アルジェリアを血で染めた「アフガニス

タン帰りのアルジェリア人」をアルカイダに結びつけた北アフリカ支部が創設され、最初GIA（武装イスラーム集団）、その後GSPC（サラフィスト布教聖戦集団）と名のった。2009年には、旧アラビア半島のアルカイダ（AQAP）が、サウジアラビアやイエメンのテロリスト・グループと合流して現在のAQAPが誕生し、アラビア南部に定着して、同地域の西欧の利権に脅威をあたえつづけている。

　権威主義的なアラブ諸国の政権は、西欧のパートナー国の圧力を受け、矛盾をふくんだ政策をおしすすめることで国民と政権のあいだの溝を深めた。この年々蓄積されたフラストレーションが、無政府主義的な思いがけない形で爆発したのがアラブの春（2011年）だったが、その結果、イスラーム主義政党が勢力を強め、チュニジア、モロッコ、エジプトでのはじめての自由選挙に勝利した。ロシアが、2012年のヴラジーミル・プーチンの再選後、近東シーンで影響力をとりもどしたことも、シリア内戦のようないくつかの紛争をこう着状態におとしいれ

るることに大いに関与している。さらに、同じ頃起こったイランの国際舞台への復帰が、これらの紛争を宗教的性格をもつものに変化させた。そして最後に、２期続いた米オバマ政権にためらいがあったことと、ヨーロッパ諸国が重要な時点で自律的に動けなかったことが、国際平和と安全に対する脅威と危険をますます深刻なものとした。数々の重大なテロ事件が起こった2015年以降、イスラーム主義テロリズムはかつてないほど世界の関心の焦点となっている。

付録 おもなテロ組織

AQIM（イスラーム・マグレブ諸国のアルカイダ）
設立：2006年
設立者：アブー・ムザブ・アブデルワドゥード
教義：タクフィー、ジハード
おもな定着地：アルジェリア／サヘル地域
おもな標的：西欧、政府軍
おもな犠牲者：西欧人、ほかのムスリム
とくに用いる形態：爆弾テロ、標的を定めた殺害

ダーイシュ（イラクとレヴァントのイスラーム国）
設立：2013年
設立者：アブー・バクル・アル・バグダディ
教義：タクフィー、ジハード
おもな定着地：シリア／イラク
おもな標的：西欧、宗教的少数者
おもな犠牲者：西欧人、ほかのムスリム
とくに用いる形態：自爆テロ

アル・シャバーブ
設立：2007年
設立者：アデン・ハシ・ファラ
教義：サラフィー主義、ジハード
おもな定着地：ソマリア／ケニア
おもな標的：西欧、宗教的少数派
おもな犠牲者：ほかのムスリム
とくに用いる形態：爆弾テロ、自爆テロ

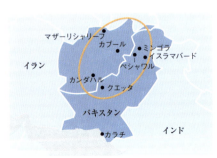

タリバン
設立：1994年
設立者：ムッラー・オマル
教義：イスラーム民族主義
おもな定着地：アフガニスタン／パキスタン
おもな標的：政府軍
おもな犠牲者：ほかのムスリム
とくに用いる形態：爆弾テロ、自爆テロ、標的を定めた殺害

おもなテロ組織・161

アル・ムラビトゥーン
設立：2013年
設立者：モフタル・ベルモフタル
教義：サラフィー主義、ジハード
おもな定着地：マリ／サヘル地域
おもな標的：政府軍、西欧、ほかのムスリム
おもな犠牲者：ほかのムスリム
とくに用いる形態：コマンド戦術、人質

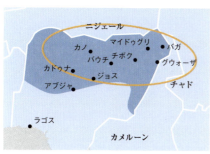

ボコ・ハラム
設立：2002年
設立者：ムハンマド・ユスフ
教義：サラフィー主義、ジハード
おもな定着地：ナイジェリア
おもな標的：政府軍
おもな犠牲者：ほかのムスリム
とくに用いる形態：自爆テロ、人質、大量虐殺

カフカス首長団
設立：2007年
設立者：ドク・ウマロフ
教義：ジハード、汎イスラーム主義
おもな定着地：チェチェン／ダゲスタン
おもな標的：政府軍
おもな犠牲者：ほかのムスリム
とくに用いる形態：爆弾テロ、標的を定めた殺害

アブ・サヤフ
設立：1991年
設立者：アブバカル・ジャンジャラニ
教義：ジハード、汎イスラーム主義
おもな定着地：フィリピン
おもな標的：政府軍
おもな犠牲者：ほかのムスリム
とくに用いる形態：爆弾テロ、人質、標的を定めた殺害

イスラームによるおもなテロ事件

1979年11月20日 12月3日
メッカ（サウジアラビア）グランド・モスク占拠 死者304人

1983年4月18日
ベイルート（レバノン）、アメリカ大使館襲撃 死者63人、負傷者120人

1983年12月12日
ヒズボラによるアメリカ大使館（クウェート）に対する手りゅう弾自爆テロ 死者6人

1989年7月7日
テルアヴィヴとエルサレムを結ぶバス（イスラエル）自爆テロ 死者16人

1993年2月26日
ニューヨークの世界貿易センター（アメリカ）襲撃 死者6人

1993年3月12日
ムンバイ（インド）テロ 死者257人、負傷者700人

1994年12月24日
エール・フランス機（アルジェリア、フランス）ハイジャック事件 死者7人

1996年6月25日
コバール・タワー（サウジアラビア）襲撃 死者20人、負傷者372人

1997年11月17日
ルクソール（エジプト）の虐殺 死者62人、負傷者26人

1998年8月7日
タンザニアとケニアのアメリカ大使館襲撃 死者224人、負傷者4000人以上

2000年10月12日
アデン港（イエメン）内でのアメリカ艦船コール号襲撃 死者17人、負傷者39人

2001年9月11日
世界貿易センターとペンタゴン（アメリカ）襲撃 死者2977人、負傷者6291人

2002年4月11日
ジェルバ島（チュニジア）のグリバ・シナゴーグでの自爆テロ 死者19人、負傷者30人

2002年10月12日
バリ（インドネシア）テロ 死者202人、負傷者240人

2002年10月23-26日
モスクワ（ロシア）の劇場 人質 死者130人

2003年5月13日
カサブランカ（モロッコ）テロ 死者33人、負傷者100人

2003年8月25日
ムンバイ（インド）自動車にしかけられた爆弾によるテロ 死者54人、負傷者244人

2003年11月15-20日
イスタンブール（トルコ）自爆テロ 死者57人、負傷者700人

2004年3月11日
マドリード（スペイン）テロ 死者191人、負傷者1800人

2004年9月1日
ベスラン（ロシア）人質 死者344人

2004年9月9日
ジャカルタ（インドネシア）オーストラリア大使館襲撃 死者9人、負傷者150人

2004年11月2日
映画監督テオ・ファン・ゴッホ暗殺（オランダ）

2005年7月7日
ロンドン（イギリス）地下鉄内自爆テロ 死者56人、負傷者700人

2005年7月23日
シャルム・エル・シェイク（エジプト）テロ 死者88人、負傷者200人

2005年10月1日
バリ（インドネシア）テロ 死者20人、負傷者100人

2005年11月9日
アンマンの3カ所のホテル内（ヨルダン）連続自爆テロ 死者62人、負傷者115人

2006年7月11日
ムンバイ駅（インド）テロ 死者209人、負傷者700人

2007年6月30日
グラスゴー国際空港（イギリス）襲撃 負傷者5人

2009年6月1日
アーカンソー州リトルロックの徴兵局（アメリカ）で銃撃 死者1人、負傷者1人

2009年11月5日
テキサス州の陸軍基地フォート・フッド（アメリカ）で銃撃 死者13人、負傷者33人

2010年3月29日
モスクワの地下鉄（ロシア）テロ 死者40人、負傷者102人

2010年12月11日
ストックホルム（スウェーデン）テロ 死者1人、負傷者2人

2011年1月21日
モスクワ、ドモジェドヴォ空港（ロシア）テロ 死者35人、負傷者173人

2011年3月2日
フランクフルト空港（ドイツ）銃撃 死者2人、負傷者2人

2011年4月28日
マラケシュ（モロッコ）テロ 死者17人、負傷者24人

2011年7月30-31日
新疆ウイグル自治区カシュガル（中国）テロ 死者15人、負傷者42人

2011年12月25日
ナイジェリア北部テロ 死者41人

2012年3月20日
トゥールーズ、モントーバン（フランス）テロ 死者7人、負傷者6人

2012 年 9 月 11 日
ベンガジ（リビア）米領事館襲撃
死者 4 人、負傷者 11 人

2013 年 4 月 15 日
ボストンマラソン（アメリカ）テ
ロ　死者 3 人、負傷者 264 人

2013 年 5 月 22 日
ロンドン（イギリス）大鉈での襲
撃　死者 3 人

2013 年 5 月 23 日
パリ（フランス）軍人に対する刃
物での襲撃

2013 年 9 月 21 日
ナイロビのショッピングセンター
襲撃（ケニア）　死者 67 人、負傷
者 175 人

2013 年 9 月 29 日
グジバ（ナイジェリア）の虐殺
学生 44 人が殺される

2014 年 2 月 14 日
ボルノ州（ナイジェリア）の虐殺
死者 121 人

2014 年 3 月 1 日
雲南省昆明（クンミン）駅（中国）
襲撃　死者 28 人　負傷者 143 人

2014 年 4 月 30 日
新疆ウイグル自治区ウルムチ駅
（中国）爆発　死者 3 人、負傷者
79 人

2014 年 5 月 20 日
ジョス（ナイジェリア）テロ　死
者 118 人、負傷者 56 人

2014 年 5 月 22 日
ウルムチ（中国）で 2 回目のテロ
死者 39 人、負傷者 90 人

2014 年 5 月 24 日
ブリュッセル（ベルギー）ユダヤ
博物館での殺人　死者 4 人

2014 年 10 月 5 日
グロズヌイ（チェチェン）テロ
死者 6 人、負傷者 12 人

2014 年 10 月 22 日
オタワ（カナダ）銃撃戦　死者 1
人、負傷者 3 人

2014 年 10 月 23 日
ニューヨーク（アメリカ）の地下

鉄内で斧によるテロ　死者 1 人、
負傷者 1 人

2014 年 11 月 28 日
カノ（ナイジェリア）テロ　死者
120 人、負傷者 260 人

2014 年 12 月 15 日
シドニー（オーストラリア）人質
死者 2 人、負傷者 4 人

2014 年 12 月 16 日
ペシャワル（パキスタン）士官学
校　大量虐殺　死者 141 人

2015 年 1 月 3 - 7 日
バガ（ナイジェリア北部）虐殺
死者 200 人、負傷者 2000 人

2015 年 1 月 7 - 9 日
パリのテロ　死者 17 人、負傷者
20 人

2015 年 2 月 14 日
コペンハーゲン（デンマーク）銃
撃　死者 2 人、負傷者 5 人

2015 年 3 月 7 日
バマコ（マリ）テロ　死者 5 人、
負傷者 9 人

2015 年 3 月 18 日
チュニス、バルド博物館（チュニ
ジア）襲撃　死者 22 人、負傷者
45 人

2015 年 4 月 2 日
ガリッサ大学（ケニア）襲撃　死
者 152 人

2015 年 5 月 3 日
テキサス、カーティス・カルウェ
ル・センター（アメリカ）テロ
死者 2 人

2015 年 6 月 26 日
スース（チュニジア）テロ　死者
38 人、負傷者 39 人

2015 年 7 月 11 日
カイロ（エジプト）イタリア領事
館襲撃　死者 1 人、負傷者 5 人

2015 年 7 月 22 日
マルア（カメルーン北部）2 件の
自爆テロ　死者 20 人

2015 年 8 月 21 日
アムステルダム、パリ間の列車タ
リスでテロ未遂

2015 年 10 月 10 日
アンカラ駅（トルコ）テロ　死者
102 人

2015 年 10 月 31 日
エジプト上空でロシア機内テロ
死者 224 人

2015 年 11 月 12 日
ベイルート（レバノン）2 件の自
爆テロ　死者 42 人

2015 年 11 月 13 日
パリとセーヌ＝サン＝ドニ（フラ
ンス）同時多発テロ　死者 130 人、
負傷者 500 人

2015 年 11 月 20 日
バマコ（マリ）人質　死者 22 人、
負傷者 10 人

2015 年 11 月 24 日
チュニス（チュニジア）大統領警
備隊を乗せたバスに対するテロ
死者 12 人

2015 年 12 月 2 日
カリフォルニア州サンバーナ
ディーノ（アメリカ）テロ　死者
14 人、負傷者 17 人

2015 年 12 月 6 日
チャド　テロ　死者 30 人、負傷
者 80 人

2015 年 12 月 6 日
ロンドン地下鉄内（イギリス）刃
物によるテロ　負傷者 3 人

2016 年 1 月 15 日
ワガドゥグのホテル（ブルキナ
ファソ）テロ　死者 30 人

2016 年 3 月 7 日
ベンゲルダン（チュニジア南部）
テロ　死者 55 人

2016 年 3 月 13 日
グランバッサム（コートディヴォ
ワール）テロ　死者 16 人

2016 年 3 月 22 日
ブリュッセル（ベルギー）複数
の自爆テロ　死者 35 人、負傷者
340 人

2016 年 7 月 14 日
ニース（フランス）トラックによ
るテロ　死者 84 人、負傷者 202 人

用語解説

AQIM：イスラーム・マグレブ諸国（北アフリカとサヘル地域）のアルカイダ

AQIS：インド亜大陸のアルカイダ（バングラデシュ、パキスタン）

アサシン派（暗殺教団）／Assassins：中世の宗派Haschischins ハッシャーシーン（大麻を吸う人の意味）から来ている

アルカイダ／Al-Quaida：アブドゥラ・アザームとオサマ・ビンラディンによって創設されたテロ組織

アンサール・アル・シャリーア／Ansar al-Charia：「シャリーアの支援者」、シャリーア（イスラーム法）の厳格な即時適用をめざすグループ

イスラミック／Islamique：宗教としてのイスラームにかんすること

イスラーム［原理］主義者／Islamiste：宗教と政治の分離を認めないムスリム

イママート／Imamat：指導、精神的権威

イマーム／Imam：精神的指導者、祈りの指導者

ヴィジール／Vizir：大臣、「重荷を背負うもの」の意味

ウィラーヤ／Wilâya：長官の統治区域、（カリフ国の）州

ウィラーヤ・シナイ／Wilâya Sînâi：シナイ州、IS エジプト支部の公式名

ウシュル／Ushr：さまざまな生産物にかけられる 10 分の 1 税

ウンマ／Oumma：イスラーム共同体

ガニーマ／Ghanîma：戦利品、略奪で得たものをさす

カリフ／Calif：（預言者の）後継者

カリフ・イブラヒム／Carife Ibrahim：2014 年から IS の最高指導者であるアブー・バクル・アル・バグダディのことをさす

カリフ主義／Califatisme：「イスラーム・カリフ制」への復帰に好意的なイスラーム過激思潮

カリフの兵士／Soldats du Califat：2014 年以降 IS の戦闘員をさす

クトゥブ派／Courant qutbiste：政治的イスラームの理論家の一人、サイイド・クトゥブ（1906-1966）の名前から

クファール／Kuffâr：死の罰を受ける不信心者、異端者

ザカート／Zakat：法律で決められた義務的喜捨

サラフィー主義／Salafisme：「先達」（サラフ）の道、湾岸の国々に広く分布しているイスラーム原理主義の一派

シーア派／Chiisme：イランに代表されるイスラーム教の宗派

ジズヤ／Jizya：非ムスリムに課す人頭税

ジハード／Jihad：「聖戦」、イスラーム教のための武力闘争

シャリーア／Charia：イスラーム法

ジンマ／Dhimma：庇護、「啓典の民」（キリスト教徒とユダヤ教徒）に適用される差別的制度

スンナ派／Sunnisme：全世界でのイスラーム教の多数派

ダーイシュ／Daech：「イラクとレヴァントのイスラーム国」のアラビア語の頭文字をならべたもの

タクフィール／Takfir：背教宣言、ムスリムに対して発せられる不信心であるという非難

タリバン／Taliban：神学生、の意味。アフガニスタンやパキスタンの原理主義運動

ダール・アル・イスラーム／Dar al-Islam：イスラームの家、ムスリムの支配下にある地域をさす。また IS のプロパガンダ誌フランス語版の名前

ディーヤ／Diyya：血の負債、過失で人を死にいたらしめた場合、被害者の遺族に支払うことができる

ヌスラ戦線／Front al-Nosra：サラフィー主義の武装グループ、アルカイダのシリア支部

バイト・アル・マール／Bayt al-mâl：国庫、国の税収と支出を管理する機関

ハディース／Hadith：預言者ムハンマドの伝承

ハラージュ／Kharâj：土地にかかる不動産税

汎イスラーム主義／Panislamisme：ムスリム統一のために行動する政治的宗教運動

ヒジュラ／Hijra：イスラームの地への移住

ヒズボラ／Hezbolla：イランの支援を受けたレバノンのシーア派武装グループ

非バアス化／Débaathisation：イラク軍からサダム・フセイン旧政権に好意的な要素を除去する政策

ファトワ／Fatwa：法的見解

フィーク・アル・ハーブ／Fiqh al-harb：戦争の法

フィトナ／Fitna：ムスリム共同体（ウンマ）内での氾濫や分裂

フムス／Khums：「戦利品」にかかる 5 分の 1 税

フーリ／Houris：ムスリムに天国で約束されている処女たち

ボコ・ハラム／Boko Haram：テロリスト・グループ、ナイジェリアの IS 支部

ムジャーヒド（複数ムジャーヒディーン）／Moudjahid：信仰の戦士

ムスリム／Musulman：イスラーム教徒、かならずしも掟に厳格でない

ワッハーブ派／Wahhabisme：おもにサウジアラビアにみられるスンナ派の厳格主義

参考文献

AMGHAR S., *Le salafisme d'aujour'hui. Mouvements sectaires en Occident*, Michalon, 2011.

ASSAF A.-J., *L'Islam radical*, Eyrolles, 2015.

BOUZAR D., *Désamorcer l'islam radical. Ces dérives sectaires qui défigurent L'islam*, éditions de l'Atelier, 2014.

CHEBEL M., *L'inconscient de l'islam*, éditions du CNRS, 2015.

CHOUVIER B., *Les Fanatiques:la folie de croire*, Odile Jacob, 2009.

CONESA P., *Le Guide du petit djihadiste à l'usage des adolescents, des parents, des enseignants et des gouvernants*, Fayard, 2016.

CORM G., *Le Proche-Orient éclaté (1956-2012)*, Gallimard, 2012.

EL DIFRAOUI A., *Al-Qaida par l'image. La prophétie du martyre*, PUF, 2013.

FILIU J.-P., *Les Arabes,leur destain et le nôtre*, La Découverte, 2015.

GUIDÉRE M., *La Guerre des islamismes*, Gallimard, 2017.

GUIDÉRE M., *Le Retour du Califat*, Gallimard, 2016.

GUIDÉRE M., *L'État islamique en 100*

questions, Tallandier, 2016.

KEPEL G., *Terreur dans l'Hexagone: genèse du djihard français*, Gallimard, 2016.

KHOSROKHAVAR F., *Radicalisation*, Éditions MSH, 2014. ファラッド・コスロカヴァール『世界はなぜ過激化^{ラディカリザシオン}するのか？──歴史・現在・未来』、池村俊郎・山田寛訳、藤原書店、2016年

LUIZARD P.-J., *Le Piège Daech*, La Découverte, 2015.

ROUGIER B., *Qu'est-ce que le salafisme?*, PUF, 2008.

ROY O., *L'Islam mondialisé*, Le Seuil, 2002.

ROY O., *La Sainte Ignorance:le temps de la religion sans culture,* Points, 2012.

ROY O., *L'Échec de l'islam politique*, Points, Seuil, 2015.

SALAZAR Ph.-J., *Paroles armées: comprendre et combattre la propagande terroriste*, Lemieux Éditeur, 2015.

THOMSON D., *Les Français jihadistes*, Les Arènes, 2014. ダヴィッド・トムソン『フランス人ジハーディスト──彼らはなぜイスラーム聖戦士になったのか』、小沢君江訳、緑風出版、2016年

TRÉVIDIC M., *Terroristes,les 7 piliers de la déraison*, JC Lattès, 2013.

WIEVIORKA M., *La Violence*, Fayard, 2012. ミシェル・ヴィヴィオルカ『暴力』、田川光照訳、新評論、2009年

◆著者◆

マテュー・ギデール（Mathieu Guidère）

　複数の大学で教鞭をとるほか、パリ第8大学アラブ研究学部部長。パリ第4大学（ソルボンヌ）で言語学博士号、アラビア語教授資格取得。サン・シール陸軍士官学校で常駐教授および戦略的情報分析と最新科学技術情報研究所所長（2003-2007）、ジュネーヴ大学で翻訳学と多言語による戦略的情報学の教授（2007-2011）、トゥールーズ第2大学でイスラーム学教授（2011-2016）を歴任。2015年にはEU過激化、過激主義阻止プログラム（PPREV-UE）の主任研究員をつとめる。『地図で見るアラブ世界ハンドブック』（太田佐絵子訳、原書房、2016年）、『La Guerre des islamismes（イスラーム主義の戦争）』（ガリマール社、2017年）など、著書は30冊にものぼる。

◆地図製作◆

クレール・ルヴァスール（Claire Levasseur）

　フリー・カルトグラファー。本書の地図を考案・作成。同じマテュー・ギデールの『地図で見るアラブ世界ハンドブック』やピエール・ブランほかの『L'Atlas du Moyen-Orient（中東のアトラス）』（2016年）など、オトルマン社の著作に定期的に協力している。

◆訳者◆

土居佳代子（どい・かよこ）

　フランス語翻訳家。青山学院大学文学部卒。訳書に、バラトン『ヴェルサイユの女たち』（原書房、共訳）、レリス『ぼくは君たちを憎まないことにした』（ポプラ社）、ミニエ『氷結』（ハーパーコリンズ・ジャパン）、ビュイッソンほか『王妃たちの最期の日々』（原書房、共訳）などがある。

ATLAS DU TERRORISME ISLAMISTE: D'AL-QAIDA À L'ÉTAT ISLAMIQUE
Mathieu GUIDÈRE, Maps by Claire LEVASSEUR
Copyright © Éditions Autrement, Paris, 2017
Japanese translation rights arranged with Éditions Autrement, Paris
through Tuttle-Mori Agency, Inc., Tokyo

地政学から読む
イスラム・テロ

●

2017 年 11 月 30 日　第 1 刷

著者………マテュー・ギデール
訳者………土居佳代子
装幀………川島進デザイン室
本文組版・印刷………株式会社ディグ
カバー印刷………株式会社明光社
製本………東京美術紙工協業組合

発行者………成瀬雅人
発行所………株式会社原書房
〒160-0022　東京都新宿区新宿1-25-13
電話・代表 03(3354)0685
http://www.harashobo.co.jp
振替・00150-6-151594
ISBN978-4-562-05455-8

©Harashobo 2017, Printed in Japan